多摩川のほとり2

―随筆と写真―

榎本　良三

多摩川のほとり2

――目次――

第三章

第四章

はじめに

　このホームに夫婦で入居した平成二六年、私が以前から写真集に短文を書いていたのを知っていた次女が、文章を書くことを勧めてくれ、「多摩川のほとり」という題でホームページを開設してくれました。私はパソコンが出来ないので、文章を書いただけでしたが、次女が、私の今まで撮った写真を選んで短文を掲載するのを手伝ってくれるようになりました。

　私は、最初はそんなに長くは書き続けられないだろうと思っていましたが、意外にも長く続いて、前回（二〇一七年）に続けて二冊目の本にまとめることができました。長女が家のことをすべて管理してくれ、二冊目の出版を後押ししてくれました。

　エッセイを書き始めた最初の頃は、妻に読んでもらったりしていましたが、一冊目が出版できたのは妻が亡くなってからでした。この老人ホームには、二人用の部屋は多くないと聞いていますが、妻が亡くなってからも、二人用の部屋に住み続けることにしました。夫婦で二人部屋に入居している場合、夫か妻のどちらかが亡くなっても、残る一人がホームの許可を得て同じ部屋に住み続けているという話を聞いたからです。そうする方が慣れた部屋で便利な半面、何となく孤独なような感じがするようになりました。でも、文章を書いていると、孤独な気持ちや、脊柱管狭窄症で起こる足の痛みも忘れて熱中することが出来ます。

インターネットのホームページも、海外を含めて色々な方が読んでくださり、興味をもってコメントをくださる方もあり、今は大切な楽しみになりました。

今年九六歳になりましたが、これからも続けていきたいと思っています。

令和元年九月

榎本良三

第一章

多摩川周辺の子供の頃の魚釣りの思い出

私の家は多摩川から六〇〇メートルくらい離れた段丘の上にあった。武蔵野台地が多摩川と接触する所は青柳段丘・立川段丘・拝島段丘という三つの段丘、すなわち崖となって多摩川に接していた。だから私の家は拝島段丘の崖の上で、崖の下は田園になっており、そこに灌漑用（田畑に水を引いて作物を作りやすくするため）の三つの川が流れていた。その先が多摩川堤防であった。

その三つの川は下の川、立川堀、新田堀といい、いずれも多摩川と支流・秋川の合流点で水を堰き止める七ケ村堰から引水したものであった。多摩川の水も、上流羽村市の羽村の堰で堰き止め江戸の飲料水として玉川上水を造ったので、拝島附近では水量はそれ程多

多摩川展望　昭島市　昭和13（1938）年

くはなかった。私達が子供の時は多摩川やその手前の三つの川、さらにその川から灌漑用にとる田園の水の取入口などで、鮎やハヤ（ウグイ）、鮒、鰻などを一年中捕っていた。今の子供達が公園で遊んでいると周辺の人からうるさいとすぐ苦情が出るのと比較すると、幸せな日々であった。ただ、釣りに行っても子供だから漁法は簡単で、田園の間を流れる小川では、雨で水の濁った日に釣竿の先に釣糸を付け、その先にみみずを付けて釣糸を流すと義蜂《ぎばち》（ナマズに似ている小魚）やコトウ（カマツカ）がよく釣れた。

立川堀　昭和27(1952)年

多摩川では色々釣り方があるが、あまり難しい釣り方は出来ないので、釣糸の先に川虫（カゲロウの幼虫）を付けて釣竿を川の流れに沿って動かすだけの簡単な釣り方「あんま釣り」が多かった。この釣り方では多摩川名産で香魚と言われた鮎はほとんど釣れなかったが、ハヤ（ウグイ）はよく釣れた。ごくたまに鮎が釣れると飛び上がる程の嬉しさであった。

鮎を釣るためには、釣竿の長いものに釣具店で売っている針を付けてする「瀬釣り」という方法があるが、本格的な釣竿は長くて重いので子供にはうまく操作出来なかった。

投網といって、網をかぶせて上部に手網を付けて川へ網を打って魚を捕まえる方法もあったが、それも網が重くて子供には出来なかったので、多摩川で鮎をつかまえる事は子供には高根の花だった。ただ、時々家に鮎を売りに来る人がいたので、鮎の塩焼はいつでも食べる事が出来た。そのおいしかった事は数十年経った今でも記憶に残っている。

田園の東の方に安藤養魚場という、大きな池を三つくらい持ちそこで鮎を養殖して、銀座に持っている店へ出荷していた養魚場があった。昔の三等郵便局では一年に一度、郵便局の会計に不正はないか監査する郵政監察官という役人がいた。三等郵便局長だった父は、監査が無事終わって不正がない事がはっきりしてから、来局した監察官をよく養魚場に連れて行った。そこで鮎を釣って塩焼にして食べたが、私も一緒に連れて行ってもらった事が二、三回あった。しかし不思議なもので、うずを巻く程いっぱいに池に鮎がいても、よく釣

あんま釣り　平成2(1990)年8月

れる時とほとんど釣れない時とあった。水温の関係か餌を与える時間の関係か、それとも気候の関係かよく解らないが、子供心にも不思議なものだなあと思った事を、今でもはっきり覚えている。養魚場の息子さんとは友達だったが、息子さんは養魚場の経営に興味が無かったらしく後を継がなかったので一代限りで養魚場は無くなり、銀座の店も無くなってしまった。今あれば市の観光名所になっていたのではないかと思っている。

鰻については、子供の頃隣の本家に婿に来た、妻の叔父さんと一緒に、夕方に多摩川へ行って、両側に重しを付けた太く長い紐を川の中に沈め途中に付けられた多くの紐の先に針と餌を付けたものを沈めて家に帰った。翌朝行ってその仕掛けを揚げてみると、多くの鰻がかかっているのが常だった。中にもう逃げられないと思ったのか首を

鮎釣りの解禁　多摩川　昭島市　昭和 58(1983)年

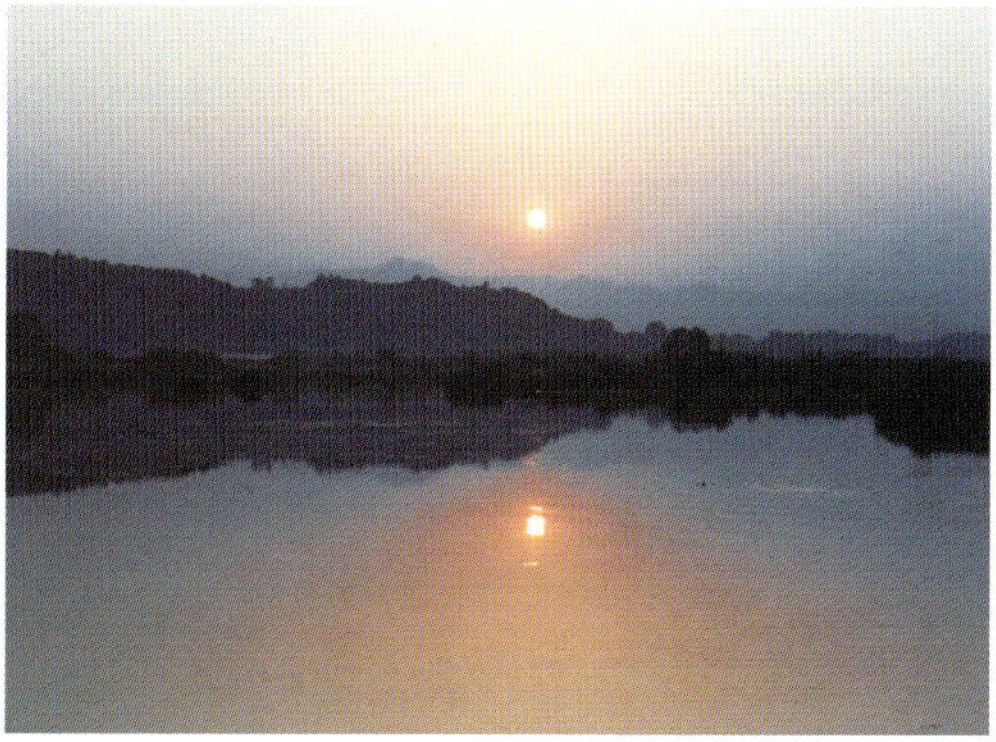

多摩川の夕暮れ　昭和56(1981)年5月

ぐるぐる巻きにして死んでいる鰻もいて可哀想な気もしたが、生きて針にかかった鰻もたくさんいた。それを家に持って帰ってバケツに入れておくと、大きい鰻が捕れた時は近所の人が大勢それを見に来た。またある時、立川堀にそれを仕掛けたが、多摩川と違って川辺が狭いので何かに引っ掛って揚がらなかった。強く引き揚げると反動で川の中へ転落して学校の制服がびしょぬれになってしまった事があった。

鮒は、釣るよりも立川堀や新田堀から水を引いた田園の取入口の所にいるのを、竹の付いた網で捕ったり手で掴んで捕った事が多かった。家は奥多摩街道に面していて街道の両側には玉川上水から分水した生活用水が流れていたので、そこへ生簀を作ってその中で飼っていたりした。

多摩川もだんだん下流に堰が出来たため鮎が遡上しなくなり、漁業組合で琵琶湖から鮎の幼魚を買って来て放流するようになったが、多摩川には川鵜がたくさんいて幼魚を食べてしまうので、それ程鮎は増えなかった。川鵜は上野の不忍池から飛んで来ると言われ、私も川鵜が下の川から魚をくわえて多摩川の方へ飛んで行くのを見た。村の人は皆上野の不忍池を恨んでいた。

夏になると下の川にはホタルがたくさん飛んでいたが、ガキ大将から、草むらに光っているホタルを捕まえようとするとマムシの目と間違える事があるから注意するよう言われていた。多摩川堤防の手前の空にはトンビがくるくる廻っていた。堤防にはイタドリがたくさん生えていて、河原には秋になると河原撫子《かわらなでしこ》や月見草が咲き乱れていた。河原撫子は白、月見草は黄色い花である。

浅川と多摩川は日野付近で合流している。また、多摩の交通の中心である立川では、明治二〇年代から昭和一四年まで、多摩川に屋形船を浮かべて鵜飼のやり方で鮎を捕獲し、船中で料理して宴会を開き、芸者さんを呼んで歌や踊りを大勢で楽しんでいた。

造り酒屋の事　戦前のお金持ちの事など

私は若い時は日本酒を飲んでいた。しかし、結婚しても青年団に入っていて、お祭りの日にお酒を飲みすぎて玄関へ倒れ込んでしまったり、またお酒が身体に合わなかったのか、日本酒を飲むと二日酔いで頭が痛くなる事が多く、父から、良三はもう結婚したのだから青年団は抜けるよう言われた。私は青年団を辞め、同時に日本酒も止めて、ビール党に転向した。以来、仕事上の打ち合わせ後の小宴会などではずっとビールを飲み続けている。でも日本酒をおいしそうに飲んでいる人を見るとちょっとうらやましい様な気がする。

私がホームの食堂で知り合ったOさんは同じ歳の九三歳だが、今でも毎晩一合の寝酒はかかさないようだ。「酒は百薬の長」と言われているが、Oさんも飲むと夜よく眠れるようだ。しかし、日本酒は飲まなくなっても多摩の名酒の酒造り（醸造業）の名前は覚えている。私の知っているのは「澤乃井」を造っている元禄一五（一七〇二）年創業の小澤酒造（青梅市沢井）、「嘉泉」を造っている文政五（一八二二）年創業の田村酒造場（福生市福生）、そして「多満自慢」を製造している文久三（一八六三）年創業の石川酒造（福生市熊川）である。

戦前のお金持ちと言えば、都会では三井・三菱・住友・安田などの「財閥」で、農村では多くの小作人を持ち多額の小作料を受け取っていた「大地主」や、山林をたくさん持っていた「山持ち」、水と麹《こうじ》で醸造した日本特有のアルコール飲料である日本酒を造る「造り酒屋」であった。

昭和二〇（一九四五）年に日本に進駐してきたアメリカ占領軍は、日本の武装解除と民主化のために色々な改革を行ったが、その主なものは次の通りである。

第一が主権在民の第九条の非武装条項を持つ新憲法の制定、第二が経済民主化のための財閥解体、第三が小作人に土地を与え大地主を無くする農地改革である。ただし天皇は主権在民の新憲法でも象徴として残った。それは日本が降伏を決めたポツダム宣言を受諾するにあたり、天皇制の存続を条件とし、連合国がそれを受諾したからである。

戦前、都会では三井・三菱・住友・安田などの一族、同族が支配する多角的事業経営体は財閥と呼ばれ、「金持ち」と同義語であった。戦後、主権在民の新憲法の制定がアメリカ軍の主導の下に行われ、当時

この水を石川酒造の工場に引き入れ、酒造りの一部の工程で使っていた。
玉川上水熊川分水　福生市　昭和62(1987)年3月

占領軍のスタッフとして来日したルーズベルト大統領のニューディール左派という人々の多くの助言があったと言われるが、日本国民の多くがこれを歓迎した事も事実である。財閥については、占領軍総司令部の司令により一つ一つの独立した企業に解体され、経営の自由化・自由競争の促進が図られた。ただし、三井物産・三菱重工業・住友商事・安田信託などは名前が企業として定着していたので、各企業は名前を変更せず、名義料を旧財閥本家に払っていたようである。私の住んでいた拝島村（現・昭島市拝島町）には三井家の当主・三井八郎右衛門氏の別荘があった。ある時、当時の財界総理（今の経団連会長）にあたる王子製紙社長・藤原銀次郎氏が、別荘滞在中の三井氏に御機嫌うかがいに来たという話を聞いて、「あゝ三井さんてそんなに偉いのかなあ」と子供心に思ったのが強く印象に残っている。

その後、村人があまり三井家に要求ばかりするのが

啓明学園の牧場　昭島市　昭和29(1954)年

うるさいとか言って、別荘にはたまにしか来なくなり、最終的に別荘は、空襲を逃れて移転して来た学校法人啓明学園に寄付された。

また、農地解放令により農地は一反《いったん》（三〇〇坪）五〇〇〇円などというただの様な値段で小作人に分配され、大地主はいなくなり、農地を分配された小作人は皆、小地主となり新しい自宅を新築した。占領から独立後、これに対して旧地主は不満で、集団で裁判を起こしたが、結局敗訴した。

大山持ちはそのまま残っていたが、戦後安い建築用外材が大量に輸入されたため、山から木を伐りだして売っても採算が合わなくなり、山持ちは大金持ちとは言われなくなった。

そして最後に残ったのが、水と麹で日本酒を造っている伝統の造り酒屋である。戦前から昭和の初めまで、多摩川は玉のように透き通った川と言われており、アメリカの学者によれば世界第二の透明度がある川であった。昔はその透明な水を使って、多摩川の玉川上

啓明学園構内　昭島市拝島町　昭和57(1982)年12月

水寄りに三つの造り酒屋は作られており、おいしい日本酒が造られたらしい。

私は偶然にも三つの造り酒屋の御当主と短い期間であったが面識があり（といっても五〇～六〇年前の話だが）、小澤さんとは兼任が許されていた時代の局長仲間、田村さんとは旧制中学（現・立川高校）時代の同級生、石川さんとは写真好きの仲間だった。したがって造り酒屋の工場の内部も見せて頂いたが、私の見た時はすでに機械化されていた。

私はこれらの造り酒屋がこれからも伝統を守って永く繁栄することを心から祈っている。

澤乃井ままごとやの百日紅《さるすべり》　御岳渓谷　青梅市沢井　平成12(2000)年8月

郵便の配達と武蔵村山市の事など

私が局長をしていた拝島郵便局のある場所は東京都北多摩郡拝島村で、昭和二九（一九五四）年に北多摩郡昭和町と拝島村が合併して昭島市（市名は昭和の昭と拝島の島を一つずつとって新市名としたもの）が誕生した。当時、旧・昭和町は立川郵便局と拝島郵便局が半分ずつ配達していたため、合併の結果、同じ市を二つに分けて配達することになり、市役所から出した郵便物が同じ日に配達されない、など色々不便な事が多くなって、不満も出てきた。そこで私は大局的見地から、自分が局長をしている局が小さくなるのは寂しいけれども、その気持ちを抑えて新・昭島市の集配区を一本化し、中央に新しい昭島郵便局を作るべく上局の東京郵政局長に陳情書を提出するよう、昭島市長さんに提案した。私

拝島郵便局　昭島市拝島町

も市長さんに同行して、市長名の陳情書を東京郵政局郵務部長に提出し、それが認められて昭和四〇（一九六五）年一二月に昭島郵便局が誕生した。同時に拝島郵便局の集配事務は廃止され、拝島局は三〇数名の局から、職員五名の特定郵便局になった。

電話交換室にて　昭和31(1956)年

　これに先立って、電話については全国的な電話自動化の進展に伴い、電話の交換手さんが手動で加入者と加入者の間をつないでいた電話交換事務が廃止され、交換手さん達は立川電話局の電話番号案内事務などに配置換えになり、昭和三七（一九六二）年に拝島局の電話業務は廃止された。

　交換手さんがいた時、交換手さんと加入者のお客さんが喧嘩になった事があった。おさまりがつかなくて局長である私の自宅に電話をつないできたので、私がとりなしたが話がつかず、加入者のお客さんが、私が食事をしているところへ土足で怒鳴り込んで来た事があった。

　しかし私が色々と交換手の応対について陳謝したり説明したりすると、最後には納得して帰った。

帰る時は、最初に自宅へ土足で乗り込んだ時程の勢いではなかったので、今ではむしろ懐かしい思い出である。やはり拝島がそれだけ田舎だったからであろう。

昭和三〇（一九五五）年頃まで、拝島局では現・昭島市の半分のほか、武蔵村山市などにも配達していた。当時は北多摩郡村山村と言ったが、私の局が開局して以来の関係であるので、幼い頃に父や古くから勤務していた郵便配達の人から、色々村山の話を聞いていた。今の武蔵村山市中藤・三ツ木・横田、陸軍少年飛行兵学校のあった大南などの話は何度も聞いたが、ただ一つ幼い心に不思議に思ったのは、朝配達に出て夕方帰って来るが、今のようにスーパーもコンビニもないのに一度もお弁当を持って行くのを見た試しがない事だった。よく聞いてみると、親しくなって毎日昼食を出してくれる農家があり、そこへ寄って昼食をただで食べていたという。配達する一日の枚数も少なかったが、それだけのどかな時代であったと思う。

また、主事といって配達のトップにいた人が、多摩川の鮎漁の時知りあった女性に惚れ込んでし

大晦日の夜の年賀郵便の組み立て　昭島市拝島町
昭和 28（1953）年

まい、どうしても結婚すると言い出した。郵便配達をしている地味な人と、料亭や居酒屋の派手な人とは生活が違うので合わないだろうと周囲は皆止めたが、がんとして聞かず結婚した。予想通り二人は三、四年で離婚した。その後数年経ってから、二人子供がある戦争未亡人と知り合い、再婚した。今度はうまく行き、未亡人が住んでいた拝島駅前の松原町の家に一緒に住み、晩年は松原地区の自治会長に選ばれて若い時に飲まなかったお酒も飲むようになり、八〇何歳かの天寿を全うした。未亡人も夫の為によく尽くし幸せな生涯であったそうだ。

村山貯水池　昭和11(1936)年

話は変わるが、私の幼い頃は、玉川上水の羽村取入口の一〇〇メートルくらい下流にある大きな水道の取入口から、玉川上水の約七割の水は水道管で直接、現・東大和市の村山貯水池に送られていた。村山貯水池は上池と下池があり上池は大正一三（一九二四）年、下池は昭和二（一九二七）年に完成していた。村山貯水池からは水は淀橋浄水場に送られて、薬品で浄化されて東京都内の水道に給水されたという。

私が村山貯水池に行った時には春だったが、貯水池の土手を登ってみると、ちょうどお祭りだったらしく、桜の下で大勢の女性が踊っていた。私は土手づたいに貯水池の周りを一周して家に帰った事を記憶している。

玉川上水は承応二～三（一六五三～一六五四）年、玉川兄弟によって開通したが、明治三四（一九〇一）年に廃止されている。

それについて私は、今も玉川上水の水を使用して上水が流れているのに、廃止とはどういう理由か解らず不審に思い、武蔵村山市歴史資料館に問い合わせたところ、資料館の担当者は、それは上水の水をそのまま飲料水として飲む事を廃止したのであって、現在はその水を薬品で浄化して飲んでいるという、ただそれだけの違いであると言うだけで、それ以上の回答は得られなかった。

我が家の菩提寺・龍津寺《りゅうしんじ》と拝島の町

我が家の裏は榎本家の菩提寺・龍津寺の竹藪と接しており、子供の頃から広い境内でよく遊んでいた。お墓も近いので、盆暮れをはじめ、いつでもお墓参りが出来、大変便利であった。我が家も龍津寺も、関東平野が段丘となって多摩川に接する崖の上にあった。寺がある拝島村（現・昭島市拝島町）は、玉川上水が完成する少し前の慶安五（一六五二）年に、八王子千人同心が槍奉行から日光東照宮の火の番を命ぜられ、その往復のために従来の村より少し北側に作られた日光街道（佐野八王子通り）の宿駅であった。その千人同心の日光往復は慶応四（一八六八）年に廃止されるまで約二〇〇年間続き、拝島村はその間二〇〇戸ぐらいの戸数を維持し、宿場として繁栄した。当時の農村は三〇～四〇戸が普通であったから、結構大きな

龍津寺山門

村であったと思う。拝島村は上宿中宿下宿の三つに分かれ、上宿が旗本太田氏の領地、中宿が天領、下宿は岡部氏の領地であった。龍津寺のある中宿は、ちょうど村の真ん中にあり、近くに傳馬場《てんばば》（宿場で準備した馬が次の宿場に行くために交替する所）があった。

龍津寺の入口には、薬医門と呼ばれる大きな門があり、その門に朝鮮国・周堂の書という「玉水禪屈」と書いた額が掲げられている。日光街道を通った寛政の三奇人の一人で、幕末の尊王攘夷運動の先駆者でもある高山彦九郎の著書『山陵志』の中で、日光街道を通った時この額を見て、その優れた筆跡に感嘆した事が記されている。門を通って少し歩くと右側に山門があり、左側はお墓になっている。

山門の前に「不許葷酒入山門（葷酒山門に入る

雪の龍津寺　昭島市　昭和 52(1977) 年2月

龍津寺杉戸絵外側　「淡彩梅松図」　平成13(2001)年

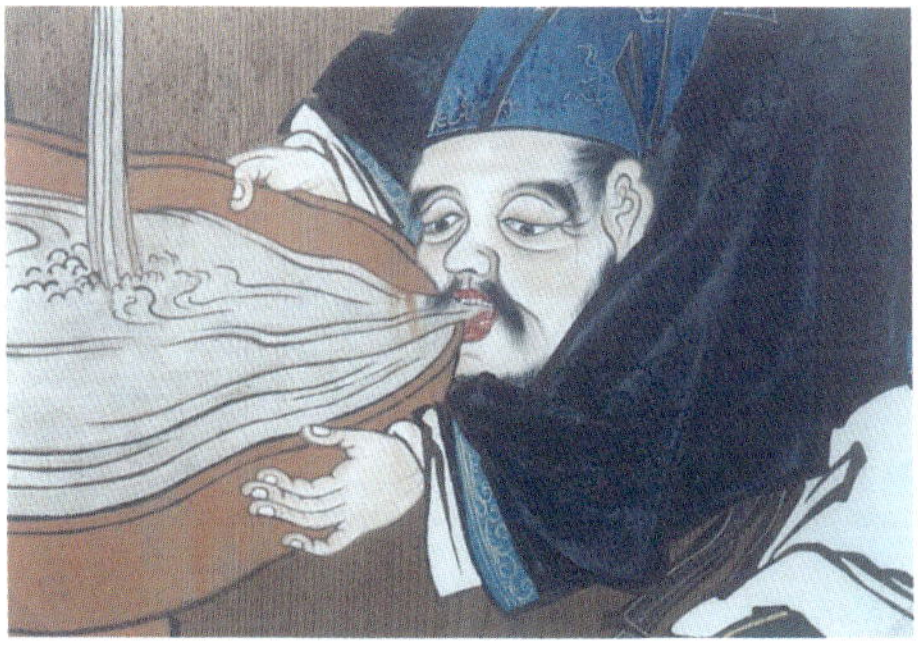

龍津寺杉戸絵内側「飲中八仙図」　平成15(2003)年

を許さず)」の碑が立っている。龍津寺は曹洞宗(禅宗の一派)の鶴見の総持寺派に属する寺であるから、禅宗特有の碑が立っているといわれる。山門をくぐってまっすぐに五〇メートルばかり行くと、正面が本堂で、中に本尊が納められている広間があり、北側に廊下につないで庫裡が造られている。

龍津寺の創立は天文元(一五三二)年(天下分け目の関ヶ原の合戦は慶長五(一六〇〇)年)、青梅市の天寧寺の四代目住職説翁星訓和尚によって開創されたと言われる。今はあまり使われていないが大広間を小さく仕切る八枚の杉戸があり、杉戸には当時の著名な画家によって八枚の杉戸絵が描かれている。彼はその杉戸絵を江戸から拝島村に来て、榎本家(本家)に宿泊して描き上げたと言われている。この杉戸絵は昭島市指定文化財となっている。

このように龍津寺は境内も広く森に囲まれた風格のある寺であり、住職の志茂説順和尚及び大黒さん(奥さん)の努力により、古い寺院の伝統が生かされている。

明治二二(一八八九)年の甲武鉄道(現・JR中央線)及び青梅線の開通などにより、江戸時代に栄えた宿場はしだいに衰微したが、今でも街には江戸時代のお店の名前だけは残っている。上宿の絹屋、中宿の古着屋、鍛冶屋、縮緬屋、提灯屋、下宿の呉服屋、拝島の宿の入口にあり大きな料亭であった「橘屋」、その少し立川寄りにあった料亭「藤本」、さらに元三大師(拝島大師)の最近半分くらいに埋められた大きな池のかたわらにあった料亭「佐久間」などの名前を記憶している。

他に宿場には、近辺の村々で商売する人々が泊まるための木賃宿と呼ばれる簡易旅館が五、六軒あった。日光街道は千人同心のために開かれた街道で、大名は通らなかったので本陣はない。町は江戸時代初期に新しく作られたため、町の入口・出口は大きく折れ曲っていた。町が合戦の場になった時の備えであるという。

拝島の次の宿場は箱根ヶ崎（瑞穂町）であり、二本木・扇町屋・松山・天明を通って今市で日光本街道に合流する三泊四日の行程であった。現在、瑞穂町の国道一六号線と日光街道の分岐点には日光街道の大きな看板が立っている。明治以後鉄道の発達により町の中心は駅周辺に移ったので、青梅線拝島駅から一六〇〇メートルもある村は次第に衰え、養蚕の盛んな農村になった。しかし戦後、人々が着物を着なくなったのでそれも衰え、現在では立川のベッドタウンに近い存在になりつつある。

拝島の町には隣の熊川村（現・福生市）との境界の所に、立川バスの本社と広いバスの駐車場があり、そこから一五分置きに立川駅行バスが発着していたので、バスの交通は便利であった。更に庶民の信仰厚い拝島大師（元

龍津寺裏の竹林

三大師）の正月二日のだるま市をはじめ、千年の歴史を持つ大日堂の大日如来仁王門の仁王像二体、大日堂の守護神日吉神社の祭礼として多摩で唯一、夜通し行われる「榊祭」、龍津寺の本堂及び杉戸絵をはじめ都指定・市指定の多数の文化財を擁して古い町の歴史の面影を残している。祭礼の山車に使われる人形屋台の人形部分が電線にひっかかるという理由で大正五（一九一六）年に取り外され、最近復現されたが、まだ日光街道の電線のため運行出来ない。しかし最近小池都知事は、知事の施策の一つとして、都市景観のため電線の地下化などを提唱されているので、人形屋台が日光街道を自由に運行出来る日が来るかも知れない。市当局などの努力を望む次第である。

また長い歴史のある千人同心の日光火の番のための武者行列の復活も望ましい。この様に歴史と伝統のある拝島町が、観光などの面でも再び昔のにぎわいを取り戻すことを望んでいるのは私一人ではないであろう。

最後に私の幼い頃の龍津寺の思い出を記しておきたい。私の幼い頃、拝島郵便局では電話交換は交換手さんが手動で行い、電信もツートンといい技術者が行い、郵便局の裏に建てられた家に住んでいたが、その技術者の一人Sさんは季節になると毎年、龍津寺の竹林に筍を掘りに行っていた。

幼い私はそれを当然と思って毎年Sさんに連れられて筍を掘りに行っていた。ある時筍をいつものように採っていると、先々代の島津和尚さんが静かに近寄って来て、Sさんと私に、筍は龍津寺のもので、勝手に採ってはいけないとゆっくりした口調で諭された。Sさんと私は黙ってその場を引き揚げたが、私は悪い事をしてしまったという後悔の気持ちを、幼い頃の思い出として九〇歳を越えた今でもはっきり記憶している。

日光街道箱根ヶ崎（現・瑞穂町）と狭山茶の事

小田原北條氏が滅亡したあと、国替えにより主となった徳川家康は、関東の天領を治める代官所を八王子に置き、関東総代官兼八王子代官として石見守大久保長安が着任、長安は江戸時代の八王子の繁栄の基礎を築いた。また家康は江戸の西の守りとして武田・北條の遺臣を中心として千人隊を組織した。千人隊は槍奉行に属して関ヶ原、大阪冬の陣、夏の陣などで戦ったが、その後徳川政権が安定し、江戸の西の守りも必要なくなったので、慶安五（一六五二）年日光東照宮の火の番を命ぜられた（玉川上水着工の前の年）。

千人隊は五〇人一組で年二回交替し、慶応四（一八六八）年に日光東照宮火の番の仕事が廃止されるまで二一六年間にわたって続けられた。

道は最初、千住の宿からの日光街道を通って日光へ到着したが、間もなく直接日光へ行く街道が設けられた。その道は八王子通りとも呼ばれたが、日光街道とも呼ばれた。八王子を出発して新しく開かれた拝島の渡《わたし》で多摩川を渡り、最初の宿場・拝島を通って箱根ヶ崎・二本木・扇町屋を経て、松山・天明を通り、今市で日光本街道と合流して日光に至る三泊四日の行程であった。沿道には一八の宿場が設けられ、宿場には轉馬場と呼ばれる場所があり、ここに人や馬が準備され、次の宿場へ行くために交替した。また人馬が足りない時には沿道の村に人馬を供給する義務が課せられた。これを助郷《すけごう》と言い、沿道の農村にとっては大きな負担を伴うものであった。幕府の財政の問題もあって、二一六年の間には老中会議でも、わざわざ八王子から行かなくても現地の奉行にまかせたらという議論もあったようだが、槍奉行が東照神君家康公を祭る日光東照宮の火の番にけちを付けるのかという意味の発言をすると、老中は皆黙って下を向いてしまって、結局慶応四（一八六八）年まで続けられた。千人同心の最後の隊長・石坂弥次衛門は、貴重な文化財が戦火で失われることを忍びなく思い、板垣退助率いる官軍と戦火を交える事なく東照宮を引き渡してのち、隊員と共に八王子に引き返して

旧日光街道交差点　平成２(1990)年

切腹して果てたという。日光街道の拝島の次の宿場は箱根ヶ崎であり、次は二本木、次は扇町屋で豊岡町の一部であった。現在、箱根ヶ崎は瑞穂町となり二本木・扇町屋は合併して入間市の一部となり、入間市の町名として残っている。これらの町名は戦前、明治以後の年を、記紀（古事記と日本書紀）伝承の神武天皇が辛酉の年（前六六〇年）大和国橿原宮《かしわらのみや》で即位された年を紀元元年とした時、昭和一六（一九四〇）年が紀元二六〇〇年にあたるとして国をあげて盛大なお祝いが行われた。その年に瑞穂町も入間市も、もともと組合村（戦前の、合併はしないが提携して助け合った村）であったのが、合併して瑞穂町・入間市となったものである。なお箱根ヶ崎の地名は、青梅にある『千代戸三番集』という書（北條時代）に「箱根が崎に集り云々」とあるのが起源であるという。

妻の旧制府立第九高女（現・東京都立多摩高等学校／青梅市）の同級生でYさんという人が瑞穂町にいて、よくお付き合いをしていたので、私は妻と一緒に何回かタクシーで米軍横田基地の横を通って瑞穂町のお宅まで行った。ちょうど国道一六号線と日光街道が瑞穂町で分かれる所に薬局があり、そのそばの交差点に「日光街道」という看板が立っていた。その後も一人で二、三回行ったが、瑞穂町・入間市の一帯は道の両側に茶畑がたくさんあったように記憶している。

一般的には、お茶といえば静岡県が産地だが、高級茶といえば京都の宇治茶か狭山茶と言われていた。瑞穂町には狭山池（埼玉県所沢の狭山湖とは別）や狭山丘陵があり、Yさんの家から一〇分くらい歩くと突き当りに狭山神社があり、左へ曲がると狭山池があった。狭山池を水源として残堀川が流れていて、武蔵村山市を経て昭和記念公園の中を流れ、立川富士見町の富士塚の横を流れて多摩川に注いでいる。残堀川の名前は武蔵村山市に残堀という地名があり、古い時代にその名前にちなんで名付けられたという。

四〇～五〇年前の話だが、狭山池へ行ってみると、池は数部落の共同管理のようになっていて、整備の行き届かない穢ない池であった。しかし三年程経って行くと池は瑞穂町の管理になり、すっかり綺麗な池になっていた。しかし妙なものであまり綺麗になりすぎて、昔の伝統の様なものは失われたように感じられた。結局町の人に聞いても、狭山池や狭山茶の名称や起源についてはよく判らなかった。

最終的に入間市に茶業博物館があり、そこでようやく色々な事がわかって来た。何でも入間市宮寺に天保年間に建てられた重闢茶場の碑があり、それによると狭山茶はもとは河越茶と呼ばれていた。江戸時代には

茶畑　瑞穂町　平成7(1995)年6月

栽培が盛んであったが、その後衰えてしまったのが明治になってから吉川、村野らの人々により再興された。品質の改良を重ねたものを江戸の茶問屋山本山によって江戸市中に宣伝され、次第に高級茶として認められるようになったという。狭山というのは一体が狭山丘陵、すなわち低い山が連なっているという意味であるという。

しかし日本書紀には日本最古の溜池の一つとして「狭山池」という溜池があること（場所は大阪府）が書かれており、それとこちらの狭山池・狭山丘陵が関係があるかどうかは判らない。

豊岡の扇町屋には妻の叔母さんが、御主人が亡くなられてから一人で呉服屋を営んでいた。その人はとても良い人だったので早く母親を亡くした私には母親の様に思われ、結婚して少し経ってから茶畑の間の道をバスで行って、よく半日くらい何の目的もなくお世

オオタカの密猟監視小屋　瑞穂町　平成８(1996)年

話になって端切れ（裁ち残りの布地）をもらって帰って来た。そんな事もあって、私はバス通りの両側の美しい茶畑で作られていた狭山茶に深い関心を持つようになった。また妻は瑞穂町のYさんの家で、Yさんを立て家事の大部分をやっていた、Yさんより一〇歳も歳下のYさんの御主人を、家事を何もしない私と比べていつも褒めていた。

高尾山の事

聞くところによると高尾山は年間三〇〇万人の登山者があり、人の多さとケーブルカーの傾斜が急な事、カシやヒイラギなどの常緑樹や広葉樹など約一六〇〇を超える種類の植物が生えている事、その三つの点で名高い山である。ちなみに高尾山は標高五九九メートル、薬王院は成田山・川崎大師と共に真言宗智山派の三大本山といわれ、奈良時代から霊山として信仰が深かった。

今から三〇～四〇年前の話だが、私は何回も高尾山に登った。しかし私は高尾山がそれほど好きでなかった。その理由は、高尾山そのものが嫌いなのではなかった。高尾山では山のすぐ近くまで京王線が来ていて、終点の高尾山口駅から近い所にあるケーブルカーに乗るとほどなく山腹の高尾山駅に着く。そこから二〇分程山道を歩き、頂上の手前の仁王門をくぐってすぐに薬王院に着いた。薬王院には本堂と飯縄権現堂と呼ばれる本社が建っている。そこから少し歩くと奥の院があって、東京都の区部からも近く、頂上の展望も素晴らしいのでいつも登山者が数多く、いつ行っても山頂が人でいっぱいなため、神社やお寺で感じられる宗教的雰囲気が感じられなかったのである。そんな事から私は直接高尾山は行かず、桃の木々が美しい裏高尾へよく出掛けた。

旧・国鉄浅川駅（現・ＪＲ高尾駅）から高尾山の登山道を少し行って右へ折れると、桃の木が道の両側に続く道で、途中蛇滝まではバスが通っていたが、私はいつもバスには乗らず蛇滝まで歩いた。

途中には三度屋があった。三度屋とは、一月に三回甲州街道を江戸と甲府との間を往復した、飛脚の定期便の宿の事である。流行歌で歌われている三度笠とはその飛脚屋の被っていた顔面を奥深く覆う様に作った菅笠《すげかさ》の事である。

私は春になると何回も同じ道を訪れた。たまにそこから蛇滝まで登り、少し険しい道であったが高尾山の頂上まで登った事もあった。蛇滝とは、白蛇が近くに住んでいたので名付けられたという。

蛇滝はかなり大きな滝で、私が行った時は肌の透けて見える白い衣を着た女性が滝に打たれながら熱心に修行している姿があった。思わず

裏高尾の桃の木　八王子市　昭和57（1982）年4月

裏高尾蛇滝での修行　昭和58(1983)年5月

望遠レンズでその姿を撮影しようとして咎められ、私自身もその非礼に気づいて何回も丁重に謝罪して、その女性の許可を得てからその滝行姿を撮影させてもらった事があり、その写真は今も残っている。

また、高尾山山頂の人の多さから逃れて山頂から右の砂利の山道を歩いて奥の院まで行き、そこから途中白樺の美しい林もある山道を縦走して小仏峠の頂上に立った事があった。たった一度の事であったが、古来武蔵と甲斐信濃の境にあった五街道の一つである甲州街道のこの峠に立って、江戸時代の先人達の峠越えの苦労を偲んで忘れられない印象を残した。峠には登って来た旅人達の休息のためのベンチがたくさん並べられていた。

高尾山は古くから霊山として信仰が厚かったので、戦国時代小田原北條氏の四代氏政の弟で、多摩の領主であった八王子城主北條氏照は、薬王院に寺領を寄付し、無断で高尾山の森林を伐採したものは死刑に処するというお触れを出し、厚く高尾山の森林を保護した。

そのお陰で高尾山の自然は永い間よく保存され、植物学の専門家の話によれば落葉する広葉樹林帯と落葉しない常緑樹林帯との境界にあたり、両方の植物が約一六〇〇種（専門家に聞いた当時で）見られるという意味でも、植物学上極めて重要な地点であるという。薬王院の本堂には本尊薬師如来のほか、飯縄権現が祭られている。飯縄権現とは長野北部の飯縄山の山頂にある飯縄神社に由来したもので、この神社から霊感を得た祈祷師が管狐という想像上の狐を竹管の中に入れて諸国をまわり人々の運勢を占ったという。

裏高尾の新緑　平成6(1994)年4月

高尾山は天平一六（七四四）年、聖武天皇の東国鎮護の拠点として勅命により薬王院が建てられたのが始まりと言われており、飯縄権現が祭られたのは後の時代と思われる。現在高尾山口駅のすぐ近くに、薬王院の交通安全祈願所や信者のお墓などが作られているがそれは最近のものである。

最後に、高尾山とは高い山の尻尾、すなわち秩父多摩連山の中で一番平地に近い山という意味である。

昔の季節の行事の事

幼い頃の年中行事はいろいろあったが、戦後大部分はすたれてしまい、代わってバレンタインデーやクリスマスなどのキリスト教に関係があるような行事が盛んになった。従って大部分は忘れてしまったが、記憶に残っているものも少しはある。

その一つは花祭りであり、もう一つは九月一五日の十五夜である。

花祭りとは仏教の行事で、四月八日は御釈迦様の誕生日といわれ、その日はすぐ近くの菩提寺の龍津寺へ行った。本堂へ登る木の階段の五段のうち四段目くらいに、小さな仏像とその上部左右に季節の花で飾られた四角な入れ物があり、その下の段に甘茶と御釈迦様の顔にかけるための柄杓が置いてあった。

花祭り　龍津寺　拝島町　昭和48(1973)年4月8日

子供達は皆お寺に集まって、御釈迦様の顔へ甘茶をかけ甘茶を飲んでから、お寺の庭で一緒に少し遊んで家に帰った。甘茶とは、六月頃に青または白のアジサイに似た花を付ける背の低い落葉樹で、その葉を蒸してもみ、干したものを煎じて飲料にすると甘味を持つため、そう呼ばれた。もともとは中国古来の伝説で、王者が仁政を行うと天がその祥瑞《しょうずい》（あかし）として降らすという甘味の甘露になぞらえて甘茶を作り、仏様の顔にかけて甘茶を飲んだのが始まりと言われている。しかし私達は子供だから難しい理屈はわからなかったが、甘茶の甘くおいしい味だけが強く印象に残っている。

もう一つは十五夜である。旧暦八月一五日の夜（新暦では九月上旬～一〇月上旬）は秋の最中にあたるから仲秋ともいい、古来観月の好時節とされ、

花祭りと保育園の子供達　龍津寺　拝島町　平成14（2002）年4月8日

日本庭園入り口のススキ　昭和記念公園　立川市　平成27(2015)年11月

朝廷に仕える公家達は月下に宴を張り、酒盛りをして詩歌を吟じたという。民間では月見団子、芋、枝豆などを盛って神酒を供え、芒《すすき》など秋草の花を飾って月を祀った。私達の村では九月一五日の夜に、何処の家でも細長い縁側があったのでそこへ団子や神酒、すすきなどを飾ってお月見をした。私達子供は近所の幾人かで組んで近所の家をまわり「柿をくんねえ（ください）、栗をくんねえ」などと叫んで歩いて、柿や栗や団子などをもらい歩いた。するとどこの家でも、家の人が縁側に出て来て団子や栗などをくれた。それがとても嬉しく、今でもよく覚えている。

旧暦九月一三日の夜は、旧暦八月一五日の十五夜に対して後に訪れる満月ということで「後の月《のちのつき》」十三夜と呼んだ。この夜も縁側にお供え物を飾って月見をしたという。延喜一九（九一九）年、醍醐天皇の月の宴に始まり宇田法皇がこの夜の月を無双（ふたつとない優れたもの）と賞したことによるともいうが、十五夜が中国の中秋節から日本に根付いたものであるのに対し、十三夜は日本固有のものであるようだ。だが私が子供の頃は十三夜という言葉は知っていたが、実際の行事はやったような記憶はない。ただ、明治の天才女流作家・樋口一葉の小説に『にごりえ』『たけくらべ』『十三夜』などがあり、私は『にごりえ』と『たけくらべ』は読んだが『十三夜』は読まなかったので内容はよく判らなかったが、後に知ったところでは明治二八（一八九五）年に発表された小説で、不幸な結婚に悩むお関《せき》を主人公にして封建的な環境での女の悲劇を精微な筆で描いたものだという。小説の師・半井桃水《なからいとうすい》に恋していたと言われる一葉の想いが込められていたのかも知れない。

また語呂合わせで九プラス四は一三ということで、女性の髪を梳かす櫛を売っている店を昔は十三屋と言ったという。

もっとも季節の行事と言えば三月三日の桃の節句や五月五日の端午の節句は古くから盛んだが、これは子供だけの行事というより親子で一緒に祝う行事である。私は自分の事は記憶にほとんどないが、二人の娘をそれぞれ綺麗な着物を着せて氏神様の日吉神社へお参りに連れて行って健やかに育ってくれるようお祈りした事ははっきり覚えている。その折、呉服屋をしていた妻の叔母の店でお祝の着物など一切をあつらえ、それを叔母が持ってきてくれたことも記憶の中にある。また妻と二人で八王子の横山町・大横町・八日市町と続く甲州街道の繁華街の店へお雛様の飾りを買いに行ったり、娘の長男（孫）に贈る兜を買いに行ったのを記憶している。

まだ結婚して間もない頃、一月七日の七草粥にそれまでほかの野菜を入れていたのを、妻が崖下の田んぼのあぜ道へ行ってセリとナズナを採ってきて粥に入れてくれた。その粥がとてもおいしかった事も忘れられない思い出である。

八王子大空襲前後の事など

昭和二〇（一九四五）年八月二日、多摩最大の都市・八王子市はアメリカ軍のB29戦略爆撃機数百機による焼夷弾攻撃に襲われ、一夜にして市街の大部分が焼野原と化した。同年八月一五日の終戦の二週間前のことである。

東京はすでに三月一〇日に米軍のB29戦略爆撃機三〇〇機による大空襲を受け、下町を中心に市街の大部分を焼失し、一〇万人の死者を出していた。私はこの年、現役兵としてソ満国境（中ロ国境）の警備にあたっていたが、沖縄の米軍占領に伴い、次は九州に米軍が上陸することを想定した陸軍の方針により、昭和二〇（一九四五）年四月一〇日、ソ満国境に近い山神府《さんしんふ》から鉄道で北朝鮮の羅津《らしん》の港に到着し、そこから輸送船で日本海を渡って博多港に上陸し、博多（福岡）の警備にあたった。召集が解除されるまで家の事はよく判らなかったが、一〇月一日に復員して聞いたところでは、母は八王子大空襲の日、空襲の警報が鳴ったので家の前の防空壕に入ったが、防空壕の中は温度が低いため、一度回復していた脳梗塞が再発して亡くなった。幸いその頃、婚約者として一週間に一度くらい家に来ていた妻が一緒に防空壕に入っていたため、外へ出すことは出来たが、そのまま生き返る事はなかった。

こうして私は母の死に目に遭う事は出来なかった。八王子の大空襲の事も復員して初めて聞いたが、八王子では私の知っている文化財などもほとんど焼失したようで、現在の拝島町（旧・拝島村）に残っている三台の人形式屋台（屋根のあるものを屋台、屋根のないものを山車と呼ぶ。祭礼の時にその上で歌舞音曲を派手に行う移動式舞台のこと）も八王子の屋台を参考にしたもので、八王子には三〇台くらいあったが今は一、二台しか残っていないという。その屋台は一本柱方式といって、屋台の中央に一本柱を建て、その上に蓮台と人形を立てる珍しい方式のもので、八王子ではその後大部分が復元されたが、もとのものは前述したようにほんの数台が残るのみである。

神社仏閣などもその後再建されたが、もとの建造物は残っているものが少ないというので、多摩を

サンドイッチマン　八王子駅前　昭和32（1957）年

テーマとして六〇年以上写真を撮っていた私は、最初はあまり興味がなく、ほとんど八王子へ行かなかった。しかし三年半くらい前から娘達のすすめによって、多摩の郷土史のようなものをエッセイとして書き始め、八王子への興味がよみがえってきた。本年、平成三〇（二〇一八）年になってから、徳川家康に従って初代八王子代官となった、現代八王子の創始者・大久保長安の陣屋跡にある産千代稲荷神社に行って、神主さんから当時の話を聞いたり、武田家滅亡後八王子へ逃れた松姫を記念して全市にわたって行われた、第一回松姫祭りも見に行ったりした。

しかし一番興味があったのは、戦争から復員して聞いた色々なうわさ話である。例えば、八王子が潰滅的打撃を受けたのは、戦時中八王子で「風船爆弾」を作っていたからだという話がある。「風船爆弾」とは風船に爆弾を吊して東日本の太平洋沿岸から偏西

浅川のゆりかもめとおしどり　八王子市　平成 2(1990)年1月

風に乗せてアメリカ本土の西海岸に落として爆発させるもので、陸軍が考案したが、実際は西海岸に数発落下した程度で効果はなかったという。八王子で作っていたというのも真偽が明らかでないが、少なくとも当時八王子では、パラシュートや国民服（戦時体制下で一般国民が着る軍服のような服）を作っていた事は事実である。八王子は織物の盛んな町であったから、当然考えられる話ではある。さらに驚いたうわさ話は、風船爆弾やパラシュートを製造するため戦時中軍が買い上げた大量の絹が白壁の蔵に貯蔵されており、中には焼け残ったものもあった。その絹を焼けた事にして近隣の人が持ち出し、自分のものにして高く売って皆金持ちになり、よその村や町の有力者になったという話である。この話は当時広く流布されていたが、今となっては真相はよく判らない。しかし「火のない所に煙は立たない」ということわざもあるから、幾分かの真実は含んでいると思う。

この噂に刺激されたのか、私の家の近くでも絹糸を作っていた製糸工場の蔵が車に乗った犯人に襲撃されるのを見た。蔵の鍵が開かなかったためか、蔵から絹を盗むのは諦め、逃げる途中でかけつけたピストルを持った警察官とばったり会い、一対一で対峙していた。結局警察官が発砲しないうちに犯人は車へ飛び乗って逃げ犯行は未遂に終わったが、その時の光景は七〇年経った今日でも私の目にはっきり残っている。

昔のある姑と嫁の話

故郷という名のもとに自然豊かな農村の風景が美化されている。しかし故郷がそんなに理想郷であるなら、何故若者はそんなに都会、特に東京に出たがるのか。そこには色々な理由があるだろう。農村の自然が美しい事は事実だが、しかし有名な歌人の言葉にも「故郷は遠きにありて思うもの」というものもある。

私の生まれ育った村・拝島は江戸時代には千人同心街道（八王子の千人同心が江戸時代初期に日光東照宮の火の番を命ぜられ、その往復のために新しく開かれた街道。別名・日光脇往還、日光火の番街道などと呼ばれた）の八王子の次の宿場町であったが、明治以後、鉄道・バス・自動車などの発達により宿場町の意味が薄れ、養蚕の盛んな農村に近い状態になった。従って五〇～六〇年前の話だが、私は農村の良い面だけでなく、醜い一面も見てきた。

宿場町の面影　昭島市拝島町　昭和26（1951）年

戦争が終わってからの数年間は、私は村の付き合いの一環として、月に一回くらいは村の曲がり角の集会場に泊まって拍子木を打ち鳴らしながら「火の用心、火の用心」と叫びながら村内を巡り歩いた。その時夜食に何を食べたかはよく覚えていない。多分餅などを焼いて食べたのだと思うが、ほかの日に泊まった人から、犬を料理して食べたという話を聞いた事がある。当時そんなに野犬がいたかどうかはよく覚えていない。

稲の実った頃　昭島市　平成 21(2009) 年

榊の紙垂《しで》をつくる　日吉神社境内昭島市
平成 20(2008) 年 9 月

割烹着の女性　昭島市拝島町　昭和14(1939)年

また日吉神社の榊祭の当番の時、祭りが終わって一杯飲んでから、皆でシャベルやジョレンを持って道路を修理して歩いた記憶がある。しかしそんな事は古くからの農村の習慣であり、終戦直後のまだ警察や消防の設備が充分でなかった時代の事であり、公共の仕事でもあり別に嫌だったとは思わなかった。

ただ、私の印象に残ったのは、当時の「嫁いじめ」の事である。私の家は分家であり隣が本家で、その家は一人娘であったため婿をもらった。婿になった人は玉川上水の取入口である羽村の出身であったが、私の妻も羽村の出身で叔父・姪の関係にあったので、ことに親しくお付き合いして頂いた。本家の榎本家は養蚕農家として明治時代からの名門であり、当時拝島に別荘があった（現在は学校法人啓明学園が買収）伏見宮様に、優秀な養蚕家として御覧を賜り表彰を受けた事もあった。妻の叔父は大学卒業後に東京都水道局に勤めていたが、その後羽村郵便局長となり拝島村会議員等を務めて村の名士となった。また姑が近くの武蔵野村の出身であった関係から、武蔵野村から拝島村に嫁に来た人の仲人を何回も務めた。

その一人で拝島村の山内家に嫁いで来た娘がいた。その娘の実家も大きな農家であったが、嫁いで来た山内家も大きな農家である。従って当時としては当然の事であるが、家事のほか夫とともに農作業にも出て働いた。ただ、婚家の姑は嫁に大変やかましく、特に炊いたお米を少しでも残すと大事なお米を残したと言ってきびしく叱った。そのためお米を少なく炊くと農作業の後の夕飯などでは最後に食べる嫁の御飯が無くなってしまいひもじい思いをする事もしばしばあった。夫は立派な人であったが母は実母であったから、妻を思ってもあまり文句は言えなかった。

ある時来客の予定があるので少しお米を余分に炊いたら、御飯が少し残って例の通り大切なお米を無駄にしたと、姑に激しく叱られた。嫁はとうとう耐えきれなくなって仲人である本家の叔父に相談に来て、もう我慢出来ない、家に帰りたいといって来た。後で聞いた所では、今迄に何回も相談に来ていた。私はまだ若かったが、たまたま他の用事で本家へ来ていたので隣室でその話を聞くともなく聞いていた。円満な性格で立派だった本家の叔父は嫁の訴えを丁寧に聞き、色々なだめて山内家まで嫁を送っていった。

隣室で話をそれとなく聞いていた私は、山内家の嫁を大変気の毒に思って強い印象を受けた。こうして仲人の努力によって何とか嫁は離婚しないでずっと山内家にいる事が出来た。

この話には後日談がある。

山内家の嫁の我慢と姑の嫁いじめはその後も続いたが、数年過ぎてから姑は脳梗塞で倒れ、寝たきりの状態となり嫁の世話を受けるようになった。晴れて一家の主婦となった嫁は今迄の鬱憤を晴らすかのように、姑の寝ている前で八王子の呉服屋や立川のデパートから担当者を呼んで、一番高級な着物・帯・羽織などを取り寄せたくさん買い込んだ。しかもその金額は、今迄とは比較にならない程高額なものであった。しかし嫁はこれで満足したのか、今迄と違って寝たきりの姑と仲良くし、よく世話をして姑が亡くなるまで孝養をつくしたという。そして山内夫婦も仲良く暮らした。

三つの不思議な話

御嶽渓谷　青梅市沢井　昭和62(1987)年5月

昔、西多摩郡調布村（現・青梅市）に二人の樵《きこり》がいた。名前は茂作と己之吉といい、茂作は七〇歳の老人で、己之吉は一八歳の若者で樵の見習いであった。ある日仕事が終わった帰りに急に吹雪になった。当時多摩川には橋があったが大水のたびに流されており、代わりに渡し船があった。だが、あいにくその渡し船は川の対岸に繋がれていたので、やむなく近くの船頭小屋に逃げ込んで一夜を過ごした。吹雪で寒いので二人は入口の戸を固く閉めて寝たが、寒くてなかなか寝付けなかった。しかし仕事の疲れもあり、いつしか二人とも眠ってしまった。己之吉が夜中にふと目を覚ますと入口の戸が開いていて、目の前に白い装束をした若い女が立っていて茂作に口から息を吹込んでいた。その息は白い煙の様に見えた。やがて女が己之吉の方へやって来たので己之吉は思わずぞっとして、身を縮めると、女は己之吉をじっと見て「お前はまだ若いから今夜は見逃しておこう。ただしこの話は絶対に人に話すな」と言って入口の方から出て行き煙の様に消えてしまった。己之吉が朝になって気が付いて見ると茂作は死んでいた。

その後五、六年経って、己之吉は山へ行く道を歩いていると若く美しい女に出会った。女は京へ行って奉公口を探すと言っていたが、一緒に歩いて話しているうちに自然に仲が良くなり、とうとう京都へは行かず、二人は結婚することになった。

娘は姑にも気に入られて仲良く暮らし、一〇年の間に七人もの子供を産んだ。ある日、編物をして姑のそばに座っている嫁を見ているうちに、己之吉はある事を思い出した。

それは、嫁があの吹雪の夜に会った女にそっくりであったからである。そして女からあの吹雪の夜にあった事は絶対に人に話してはならないと言われていたのを忘れて、思わずあの白装束の女とそっくりだという事をしゃべってしまったのである。すると女は突然立ち上って「私が

平成16(2004)年8月

その夜の白装束の女だ。子供の事があるから今日は帰るが、もしも子供を粗末にすれば命はない」と言って、どこかへ消えてしまったという。似た様な話は雪国の各地に伝えられている。

二番目と三番目の話は私が幼い頃体験した話だ。

二番目の話は、日時は覚えていないが、確か私は一〇歳くらいだったと思う。夏の夜、私は大人に連れられて多摩川の堤防に上った。そして広い多摩川の、対岸の滝山丘陵の下の道の様になっている所を見た。すると山端を白い光が点々と移動しているように見えた。すると大人は私に、あれが「狐の嫁入り」だと教えてくれた。何でも俗説では狐は口から火を吐くので狐火といい、狐が夜何匹も移動すると狐の吐く狐火が嫁入りの時の提灯行列の様に見えるのでその名があるという。私はその時はそうかな、と思って家に帰って来た。

拝島町　平成11(1999)年4月

あきる野市野辺　平成３(1991)年２月

三番目の話は北多摩郡砂川村（現・立川市）で農家の白い蔵の上に「人魂」が出るという話である。人魂とは夜間に空中を浮遊する青白い火の玉で古来死人の身体から離れた魂と言われていた。その時も大人が幼い私を連れて行ってくれたが、夜で暗かった。農家の白壁の蔵の上に何か光るようなものが見えた。一緒に連れて行ってくれた大人が、あれは人魂だ、と話してくれた。私も納得して帰ったが九四歳になった今考えてみると、それが何であったかよく判らない。

現在は多数の人が市街地に住んでいて純農村に住んでいる人の方が少ないが、戦前は農村が全体の六割もあり、今より街全体が暗かった事は事実である。何か関係があるかも知れないが、とにかく二番目の狐火と三番目の人魂は私の幼い胸に深く刻み込まれていた。

最初の「雪女」の話は私が趣味の写真を撮りに青梅の天寧寺に行った時、参詣に来た人がこの辺では妖怪の話があると話しているのを聞いたのが初めであった。その後その話は、ギリシャ生まれで明治二三（一八九〇）年に来日し、旧松江藩士の娘・小泉セツと結婚、日本に帰化して松江中学・東大・早大などで英語、英文学を教え、日本に関する英文の印象記や随筆などを著した小泉八雲の書いたものの中に出ていた。青梅出身で奉公に来た娘から聞いた話をもとにしたものと言われている。私は八雲の本は読んでいないので、今回は青梅観光案内所のパンフレットを参考にした。

青梅にはほかにまだまだ色々妖怪の話があるようだ。

第二章

多摩の三つの動物園

平成二八（二〇一六）年、武蔵野市にある井の頭恩賜公園の自然文化園の動物園で、「はな子」という長年子供達に親しまれてきた象が六九歳の天寿を全うして死んだという新聞記事を見て、私は多摩の三つの動物園の事を思い出した。井の頭自然文化園は井の頭池の隣にある。昭和一七(一九四二)年に設立され、動物園と水鳥や淡水魚を飼っている水族館と二つに分かれている。

私は戦後、昭和三〇（一九五五）年頃からずっと多摩をテーマとした写真を撮り続けていたが、今度の日曜日は何処へ行こうかと迷った時、最後に行くと決めるのは、夏は五日市の水遊び場、他の季節は井の頭公園であった。四〇～五〇年前の話だが、写真仲間では井の頭公園の弁天池の周辺はアベックのメッカと言われ、私達はボートを漕ぐ男女の姿や、池の周辺で読書を楽しむ女性や池を眺めながら語り合う中高年の男女の後ろ姿などを撮影した。また人間だけでなく、池の周辺の自然も春の桜・秋の紅葉と素晴らしかった。しかし撮影の時は弁天池のまわりを一周するとすぐに吉祥寺駅へ向かって中央線で家に帰って来るのが常だった。

動物園へは一度行って、昭和二九（一九五四）年にタイから贈られて入園した象も見たが、その当時は象よりも写真に夢中だったので象の印象は薄かった。しかしその後、象は長い間多くの子供に愛されていたようで、はな子が死んだ後、現在の法律の基準では今まで飼っていた所では狭すぎて、新しい象を入れることが出来ないので、はな子の盛大なお別れの会を開いて別れを惜しむと同時に、象が飼育出来るような新しい動物園を造るための動物園移転署名運動が始まったという。武蔵野市にそんな広い場所があるかどうかは知らないが、署名運動が成功し新しい動物園にはな子のような象が来園し、多くの子供達に愛されるようになる事を心から祈っている。

象といえば、多摩動物公園の二頭の象が私には印象が深い。多摩動物公園は立川のすぐ隣の日野市にあり、確か京王線、多摩モノレールの多摩動物公園駅のすぐ前にあった。この動物園は昭和三三（一九五八）年五月五日に創立された広い本格的な動物園である。ここは広くて坂もあり、小さい子供などを連れて行くには大変な所もある。私は撮影のため、何回か多摩動物公園を訪れた。

象のいる場所へ行くと、いつも二頭の大きな象が柵の向こうの水濠近くまでゆっくり歩いて来て迎えてくれた。聞いたところによると、昭和四二（一九六七）年にメスのアコとマコが入園したというが、私が行った時にはオスメス各一頭だったように記憶している。多分象は国際的に絶滅のおそれのある希少動物に指定されていたので、象が死んでもその後輸入することが難しかったのであろう。

この動物園で印象に残ったのは、広い場所にライオンが放し飼いになっており、その中にコンクリートの道路があって、切符を買ったお客を小さなバスのような車に乗せてその道をぐるぐる周ってライオンを見近に見られる様になっていた事である。ライオンは餌がほしいのか、慣れているのか、ガラス窓を素足でガリガリやるのが怖くもあり面白くもあった。

確か別の動物園であったと思うが、その動物園ではバスのほかに自家用車での通行も許していた。ある時前の車に息子夫婦が乗って後ろの車にじいさん、ばあさんと孫の男の子が同乗し、じいさんが運転して前の車と少し離れて運行していたが、孫の男の子が大きな声で前の車の親の所へ行きたいと泣き出したので、思わずじいさんが孫を前の車の息子夫婦に渡そうとしてドアを開けて外へ出たところ、ライオンに噛まれて死んだという事件があった。そんな事件が影響したのかどうか解らないが、多摩動物公園に問い合わせたところ、現在改装中で一時閉鎖しているとの事であった。

もう一つ思い出に残っているのは、昆虫生態園の事であった。昆虫生態園の中に、常に真夏の様に三〇度近い温度に保たれ、様々な色の蝶々をはじめ色々な昆虫が飛び交い、とても面白い所があった。行った時が一一月下旬だったと思うが、外は冬の温度で、あまりに中の温度と外の温度が違うので風邪を引いてしまい、なかなか治らないで困った事もあった。

もう一つ多摩にある動物園は、羽村市にある羽村市動物園である。

青梅線羽村駅北口を降りるとすぐ駅前に「まいまいず井戸」がある。まいまいず井戸は鎌倉時代、まだ縦に深い井戸を掘る技術がなかったので、らせん状にだんだん深く掘って水が出た所に井戸が作られた。形が「かたつむり」に似ているという意味でまいまいず井戸と呼ばれた。私は古い井戸はいくつか見たが、この様にらせん状に降りていって底の方に井戸があるものはほかに見たことがない。珍しい井戸である。このような井戸は大同年間（八〇六～八一〇）に創始されたとの説があるが典拠がないという。

そこから北へ一〇分くらい歩くと羽村市動物園がある。大きな動物園ではないが、キリンが顔をなでられる程近くまで来たり、小型のレッサーパンダがいたりして、子供達を連れて行くにはもってこいの動物園である。また寒い所にしかいないペンギンも温度調節が出来ているのかたくさんいて、とても面白かった。

まいまいず井戸　羽村市　昭和55(1980)年

平成 25(2013)年10月

谷保天満宮と拝島天神の事など

私の村（現・昭島市拝島町）には天神様がある。ちょうど奥多摩街道をはさんで、学校法人啓明学園の入口の反対側に近い所に道があり、その道を少し行くと天神様の入口がある。そんなに広い場所ではないが、入口には門がある。参道を行くと本殿にお参りすることが出来る。本殿の横に大きな樫の木があり、境内を取り囲むようにしてたくさんの梅が植えられていて、春になると紅梅や白梅の花が咲き乱れてとても美しい。戦前には私も見た事があるが、入口近くに大きな欅《けやき》の木があって、市の天然記念物にも指定されており、幹の太さは、子供七、八人で手をつないでやっとまわりを囲めるくらいだった。しかし下部の大きい割合に木の勢いがなかったので、この木は老木で下部の中は空洞になっているのではないかと噂していた。私は入営して軍隊に入っていて家にいなかったが、後で聞いた所によれば、ある日天神様の方向で大きな音がしたのでかけつけてみると、その大木が根元から倒れていたという。幸い誰もいなかったのでそのための被害はなかったが、予想通り木の下の方は空洞になっていて、今は高さ三〇センチくらいの折れて残った木の下の部分が、丸い形で残っている。その時（昭和一五年頃）、天神様の本殿そのものは安泰であった。拝島の天神様は江戸時代に谷保天満宮から分霊を受けて現在地に祭られたと言われている。

天神様は言うまでもなく、醍醐天皇に仕え右大臣までなったが藤原時平の讒言《ざんげん》により大宰府に流され、この地で亡くなった菅原道真を祭った神社である。道真の死後、色々な怪異現象が次々と起こったので、これは道真の藤原時平による讒言に対する生前の怨の心が死後に現れたのだろうと人々は考え、京都の北野天満宮へ祭った。また道真を葬ったと言われる九州大宰府の地にも太宰府天満宮が作られた。彼は詩文、書などに優れ（菅氏文集ほか）当時の一流の著名な学者でもあったので、北野天満宮や太宰府天満宮は学問の神として信仰を集め、やがて子や孫の学問の上達を願う人々によって広く信仰され、全国にたくさんの天神様が建てられるようになった。

合格祈願の絵馬　湯島天神
平成11(1999)年2月

東京都内には有名な神社として湯島天神や亀戸天神がある。私は戦後湯島天神を訪れた事がある。ただ境内には「合格祈願」の額がたくさんかけられていたので、道真公も学問の神様だけでなく受験の神様にもなったのかなあと考えたりもした。

拝島村にある天神様は谷保天満宮から分霊されたものと言われており、私は現在、立川の老人ホームで暮らしていて谷保天満宮とも近いので、介護サービス会社「パステル」の方に同行をお願いして車椅子で谷保天満宮へ連れて行ってもらった。

行ってみると本殿は多摩川に接する崖の下にあり駐車場は崖の上にあった。駐車場からは本殿に行く石の階段と坂道が見え、それを降りて右へ曲がると本殿が遠く見えた。また崖の上には駐車場の他に天満宮の名前が書かれた大きな石塔と鳥居が作られ、本殿へ降りる石段の上からもはるか下の本殿が見えた。

しかし車椅子では石段は降りられないし、坂道も急で降りる事は出来ても帰りに上る時は車椅

梅と本殿　湯島天神　平成11(1999)年2月

谷保天満宮本殿遠望　国立市　平成 29 (2017) 年11月

谷保天満宮　国立市　平成 29 (2017) 年11月

子では押す人が大変そうに思えたので、しばらく階段の上に立って本殿を遠くから眺めていたが結局本殿に参拝することは断念した。知り会いの人の話では、坂を降りて左側には天満宮から土地を借りて経営している大きな釣堀があるという。天満宮の隣の釣堀というのは珍しいと思い、そこへ行けばもしかしたら鯛でも釣れるかも知れないなどと勝手な妄想をしていたので誠に残念であった。

階段上から長い間本殿を眺めている間じゅう、近くに鶏《にわとり》とカラスが遊んでいて高い声でカーアカアコケッコウと鳴いているのが見え隠れしていたので、写真にその姿を写そうと思って何回かカメラを向けたが、結局うまくカメラに捉えられず、そのうち鶏やカラスを見失ってしまった。

六〇年前に谷保天満宮へ行った時にはただ参拝

谷保天満宮の紅葉　国立市　平成29（2017）年11月

した記憶だけが残っていて、他の事はすっかり忘れてしまっていたので、階段の上り降りも急な坂の上り降りも別に苦痛には感じなかったのであろう。今さらのように九四歳になった自分の身体の衰えを感じたひとときであった。

清瀬市へ行った時の事

一〇年くらい前、多摩をテーマとした写真を長い間撮り続けていた私がまとめた写真集を、次女が写真好きの先輩にさしあげたところ、清瀬に在住のその先輩から「この写真集には清瀬の写真がない」と言われたという話を聞いた。確かにその通りで、私は幼い頃から清瀬市や田無市（現・西東京市）といえば、ワックスマンらによるストレプトマイシンなどの抗生物質の治療薬が発見されるまでは、細菌による伝染性で「不治の病」と恐れられていた結核の病院がたくさんある所、というイメージが強く、なるべくなら行きたくないようなところだった。

だがその指摘を受けて、私は平成一九（二〇〇七）年一一月に清瀬に出掛けた。

その時は拝島駅から西武鉄道拝島線

志木街道　清瀬市　平成19（2007）年11月

欅通りのある風景清瀬市　平成19(2007)年11月

に乗って出掛けた。初めての事でよく解らなかったが、何回も乗り換えてようやく清瀬駅に着いた。その頃の私は八〇歳を過ぎ足が悪くなっており、歩くと少し痛かったが、長女の連れ合いが同行してくれたので心配はなかった。

駅を降りると、まもなく志木街道にぶつかり、その街道を横切ってまっすぐすすむと清瀬市役所の方へ行く。私達は右に曲がって志木街道に出て東へ歩き、水天宮に参拝して元の道を引き返して清瀬駅から家に帰って来たのを覚えている。

水天宮本殿は立派な社で、志木街道は道の両側の欅並木が美しかった事が強く印象に残っている。聞くところによると、志木市は埼玉県南部、荒川の南西岸にある市で、志木街道は奥州と甲州を結ぶ脇街道であり志木市はその宿場町であったという。また水天宮の本社は福岡県久留米市にあり、祭神は天御中主大神《あめのみなかぬしのおおかみ》で、安徳天皇や建礼門院平徳子など、「平家物語」に出て来る人々が祭られている。太古から舟人の守護神とし人々の信仰が篤かったが、時代の変化につれて安産の神としても広く信仰されるようになった。祭神の一人、建礼門院平徳子は平清盛の次女で、一六歳の時に高倉天皇の中宮となり、安徳天皇の母となった。壇の浦の源平最後の戦で安徳天皇と共に入水したが源氏に助けられ、剃髪して仏門に入り、真如覚と号し洛北大原寂光院に住んでいた（一一五五～一二一四年）。

建礼門院平徳子が水天宮に祭られたのは、もともと水天宮は水の神であり、舟人の信仰の厚い神であったから、壇の浦の入水のように水との深い関わりから祭られたものと思われる。その時期は平家物語原本の成立時期、承久年間（一二一九～一二二二）に近い頃と思われる。

源平の争乱が終った後、当時五代三四年にわたって院政を施いていた後白河法皇が、大原寂光院に住んでいた建礼門院平徳子を訪ねた。徳子は後白河法皇に安徳天皇の最後の様子を詳しく物語る。有名な「平家物語」最終章の大原御幸の物語である。

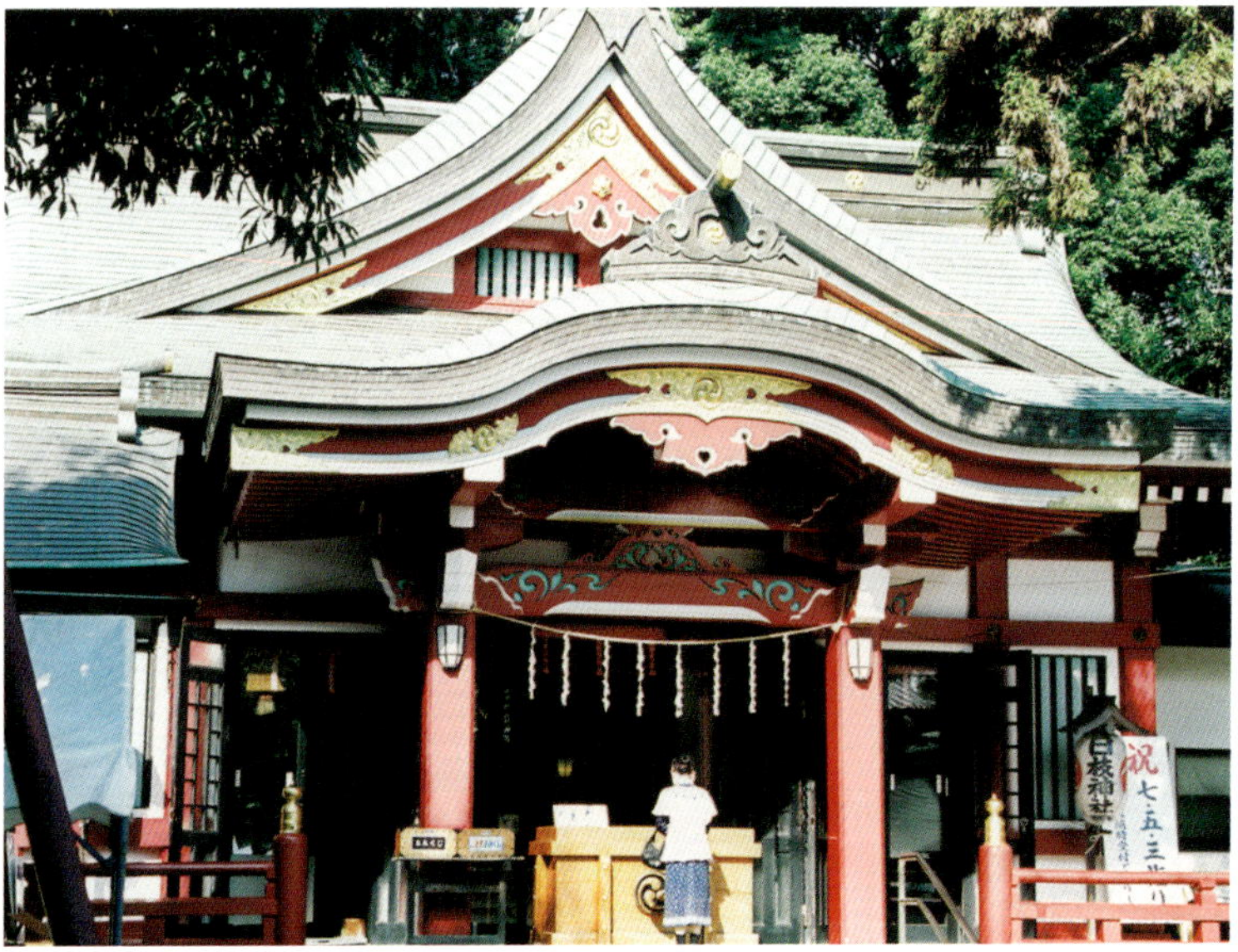

水天宮本殿　清瀬市　平成19（2007）年11月

私が寂光院に行ったのは四〇年くらい前だが、寂光院は火事で焼け、再建された後だった。帰りのタクシーの中で、運転手さんは、今の寂光院の住職の尼僧には男がいて、その男に贈り物をするためによくタクシーを利用して男の所へ贈物を持って行く、という話を私に繰り返し話していた。私は何か平家物語の大原御幸のイメージを汚された様な気がして、嫌な感じだった。

水天宮鳥居　清瀬市　平成19(2007)年11月

終戦前後の事

アメリカのトランプ大統領が、日本を含むアジア諸国を歴訪する最初の訪問国として日本の米軍横田基地に着陸したという新聞やテレビの報道を聞いた時、私は終戦直後の事を思い出した。何故なら、私はトランプ大統領は羽田空港に着陸すると思い込んでいたからである。

それからトランプ大統領は横田基地から都心まで何で行ったのだろうと考えた。横田基地は私の住んでいた所から近いが、都心まで五〇キロもあり、国道一六号線や青梅街道、五日市街道などを通ったような形跡も警備の話も聞いた事がなかったからである。おそらく、今は屋上にヘリコプターが着陸出来るようなビルが都心にはたくさん出来ているので、ヘリコプターで

当時は古い着物でも横田基地前の店に持って行くと良い値段で売れたという。
米兵が帰国する時土産にしたのである。
戦後の風景・暮らし：廃品回収業の親子　昭和 24（1949）年

都心まで行ったのではないかと考えている。

終戦時、立川周辺には日本軍の軍事基地がいくつかあり、これらの空軍基地は終戦後アメリカ軍に占領された。これらの基地のうち終戦時に東京と埼玉の間にあった入間空軍基地では、終戦前、特攻隊（アメリカのB29戦略爆撃機や軍艦などに、燃料を片道しか積まないで体当たりする日本の航空機）を指揮して多くの将兵を死なせた責任を取って、将校たちが多勢自決（自殺）した事件が起こった。羽村市出身の妻は羽村市上空で特攻機がB29戦略爆撃機に体当たりして共に墜落するのを目撃したと言っていた。また都内では本土決戦を叫ぶ将校達が「終戦の詔勅」の「録音盤」を奪おうとして皇居に侵入した事件が起こった。

結局関係者の努力によって録音盤は奪われることなく、八月一五日に「終戦の詔勅」は放送され、日本は連合国が日本の降服を勧告したポツダム宣言を受諾して降服し、太平洋戦争は終わった。その頃、阿南陸軍大将は玉川上水の取水口のある羽村町（現・羽村市）から陸軍省へ通っていたが、終戦時責任を取って佩刀《はいとう》で自決した。当時の状況から見て止むを得なかったかも知れない。同じような事は九月初めに神奈川県厚木基地でも起こった。厚木基地は終戦後連合国に占領され米軍厚木基地となったが、連合軍最高司令官マッカーサー元帥はポツダム宣言に基づく日本の占領統治のため、九月初めにそこに着陸しようとした。しかしその際、滑走路に大量の石をころがして着陸を妨害しようとした者がいた。知人のSさんから聞いたところによると、その直後、ある良心的な実業家がその滑走路の石を全部取り除いたので、マッカーサー元帥は無事厚木に着陸することが出来、そこから都内の第一生命保険会社の本社ビルに入り、ここを本部として日本の占領政策を展開することになったのである。

占領政策は日本軍の解体から始まり、東條英機元首相をはじめとする戦争犯罪人の逮捕裁判、財閥解体による経済の民主化自由競争の促進、大地主から小作人を解放する自作農創設による農業の民主化が行われた。最後に憲法第九条の平和条項を持つ新憲法が制定された。これによって日本人はポツダム宣言にある通り、主権在民、言論・集合・結社の自由などの民主的な権利を持てるようになった。そして平和条約が締結され、占領は終わった。

これらはいずれも米軍総司令部主導によって行われたものであり、その意味では押しつけられた憲法とも言えるが、永らく軍国主義と戦争に苦しんでいた日本人の世論はこの憲法を歓迎し支持した。当時占領下にあった日本政府から出された憲法改正案は、旧憲法を少し変えた程度のものと言われている。また当初、アメリカ占領軍の意図は日米安全保障条約と引き換えに日本を完全非武装化するものであったが、朝鮮戦争の勃発により、米占領軍にも、全く非武装化しては小国を除いて存在し得ない事が認識されたらしく、警察予備隊・保安隊・自衛隊と名前が変わったが、自衛のための軍隊が創設され、憲法第九条も自衛隊を容認すると解釈されるようになった。

村にたくさんあった小作農家はほとんど自作農家になった。後に自作農家となった農家が土地を転売して家を建てたりしたため、旧地主は自作農創設という趣旨が曲がるという理由で集団で訴訟を起こしたが、結局最高裁で敗訴した。

こもれびの里と狛江の万葉歌碑

先日は介護サービス「パステル」の方と、昭和記念公園の「こもれびの里」へ行ってきた。私は足が悪いので、広い公園の「こもれびの里」に一番近い砂川口から入って車椅子を押してもらった。

こもれびの里とは枝葉《えだは》の間から洩れて来る太陽の光に囲まれた場所の事で、そこには大きな農家がある。入口を入ると、手前に土間があり床を四角に切り取った立派ないろりがあって、その奥に畳を敷きつめた広い居間がある。土間の西側には戦前、多摩地方で盛んであった養蚕の道具が置かれていた。おそらく、その建物の主は名主級の人だと私は思った。またその家は庭に白い蔵があり、樹々に囲まれていた。そこには案内人がいたが、

こもれびの里の碑　昭和記念公園　立川市　平成28（2016）年11月

次々と訪れる見物客はあまり昔の農村の家や養蚕の事に興味がないらしく、ちょっと見て、さあっと通ってしまう人が多かったので、案内の人は寂しそうだった。

私は農村の暮らしの事に詳しかったので、その案内の人と色々と昔の農村の事を話し合った。案内の人は話し相手が出来てとても嬉しそうだった。行った時は一一月だったので、庭に植わっていたゆずの木に実がたわわに実っていた。

養蚕の事は、実際に蚕が桑を食べて育っていくのを見て、その蚕が真っ白な繭を作り、その繭から糸を取り出す過程を見なければ、道具だけでは理解するのは難しいだろう。その時聞いた話によると、この立派な農家は狛江市にあったものを解体して復元したものであるという。ふと、三〇～四〇年前に狛江の五本松付近に行った時の事を思

こもれびの里　農家全景　昭和記念公園　立川市　平成28(2016)年11月

い出した。確か南武線の登戸駅を降りて北側へ行き、多摩川の橋を渡ると左側に狛江の五本松がある。

その近くに、江戸後期の幕府老中で寛政の改革を断行するとともに、和歌・絵画に長じた文化人でもあった松平定信が揮毫《きごう》した万葉歌碑が立っている。一度洪水で流されたが再建されたという話で、私が行ったのはその歌碑を見て撮影するのが目的であった。その歌は、

多摩川にさらす手作りさらさらに
　　何そこの児のここだ愛《かな》しき

(手造りの着物を染めて、それを多摩川で染料を洗い流して河原に乾しているあの娘の何と愛しいことよ)

という万葉集にある歌である。原文は万葉仮名で書かれており、素人である私に解るはずもなく、専門の歌人の書かれた本を読んで私なりに解釈したものであるから、歌自体や解釈にも専門の歌人から見れば間違いがたくさんあると思うが、その点は素人のことであるからお許し願いたい。

柚の実がなった木　昭和記念公園　立川市　平成28(2016)年11月

狛江の万葉歌碑の多摩川を挟んで反対側は調布市だが、想像すると大化の改新によって古代国家が成立した時の法令・大宝律令の基本税制は租庸調であり、租は粟二石、庸は年一〇日間の力役、調は絹二尺と綿三両または麻布二・五丈と麻三斤であった。調布の付近は麻が豊富に生えていて麻布がたくさん出来たので、それを税として納めたため調布の名が付いたという。しかし青梅市にも調布村があり、真相の程はよく解らない。

結局、その時の訪問では五本松付近を色々探しまわったけれども結局歌碑を見つける事が出来ず、狛江の五本松付近の多摩川の情景を撮影しただけで帰った。

その時の印象では多摩川の川幅もかなり広く、水も豊かで船が何艘も岸辺につないであったように記憶している。後で聞いたところでは、もとの歌碑は文化二(一八〇五)年、平井董威によって建てられた。彼は寺子屋の先生をしていて子供だけでなく一般の人も教えていて、松平定信とも知り合いであったので揮毫を頼んだところ、快諾を得たという。その元の歌碑は文政一二(一八二九)年に多摩川の洪水で流されたが、拓本が取ってあったので再建された歌碑と揮毫は元のものと同じである。現在の歌碑は松平定信を敬愛する渋沢栄一と狛江村の有志の基金によって、大正一三(一九二四)年に狛江市和泉四丁目に再建された。その通りは俗に万葉通りと言われている。

元の歌碑のあった場所は狛江市側の多摩川の岸にあり、猪方村字半縄(現在の猪方四丁目辺り)と言われている。前に書いた様にこの付近は古くから麻の産地で麻の織物が多く作られたと言われる。狛江は古くから狛江郷と言われたが後にはもっと広い場所を指しているという。

この訪問の経験で私は、有名な場所でもそれを見に行ったり撮影に行ったりする時は、いい加減な情報でなく、しっかり場所を確かめてから行くべきだということを改めて知らされた。

狛江付近の多摩川　狛江市　昭和 58（1983）年 4 月

狛江付近の多摩川　狛江市　昭和 58（1983）年 4 月

払沢の滝の事など

八王子市高月町と昭島市拝島町の間で多摩川に合流する秋川は、多摩川の大きな支流であり私のよく行く川であった。私は夏になると、五日市の駅から檜原行のバスに乗って、荷田子《にたご》の停留所で降り、そこからすぐ下の秋川の遊び場に行き、川遊びの様子を撮影していた。私は六〇年あまり家事などは何もしないで趣味のカメラに熱中していた。

しかし妻は、その事については何の文句も言わずに私の写真道楽を支持してくれた。その点は八八歳で亡くなった妻にとても感謝している。おかげで私は現在でも続けている写真を五冊の写真集にまとめる事が出来た。私は郵便局長の仕事は一生懸命やったが、家事は何もしなかったので、今になってもっとああしてやれば良かった、こうしてやれば良かったなどと時々考える事があるが、後の祭りである。

昭和60(1985)年

話を元に戻すと、荷田子からさらに秋川をさかのぼると、東京都では秋川の最奥の村である檜原の村役場の前が、昔はバスの終点になっていた。今はその先の払沢《ほっさわ》の滝までバスが行き、「払沢の滝入口」の名前の停留所があるという。昔は村役場のバスの終点から少し歩くと道は二つに分かれていた。左側が秋川本流で、流れは水源地である奥多摩の名峰三頭山のふもとまで達している。右側は川沿いの道になって奥多摩連峰の主峰である大岳山のふもとまで達している。

檜原村役場のバス停から少し歩き橋を渡って横に入ると、大きな滝が目に入ってくる。四段で落差が約六〇メートルくらいある、水量の豊富な美しい滝であって、前述の様に払沢の滝という名前であった。

滝といえば、今まで色んな滝を見た。そのうち落差のある細長い滝では日光華厳の滝やこの払沢の滝などが印象に残っている。さらに和歌山県にある那智の滝も美しい滝だっ

払沢の滝　檜原村　平成5(1991)年11月

た。高くはないがナイアガラの滝の様な幅広い滝では、日光の霧降《きりふり》の滝や茨城県の袋田の滝（別名・四度の滝）などが思い出深い。

これに対し、見に出掛けたが、見る事ができなかった滝がある。秋川の奥深く三頭山に、三頭大滝と呼ばれる大きな滝があると聞いてその近くまで行って旅館に泊まったが、結局滝まで遠くて行き着く事が出来ず、翌日の仕事の関係もあり、秋川の源流を歩きながら三頭大滝は見ずに帰って来た事があった。現在では登山ルートやハイキングコースが出来、誰でも行きやすくなっているようだ。

また、御岳山から日の出山に出て尾根道を五日市に行く途中に「七代の滝」があるが、滝へ降りる山道からのぞいて見ると、はるかかなたの下の方に滝が見えたので、これでは滝まで降りても帰りに登って来られないのではないかと思い、結局滝まで降りるのを断念してしまった事があった。今思ってみると、私は若い頃から臆病だったのかなあなどと思ったりしている。

檜原谷　平成元（1989）年11月

払沢の滝といえば戦前、昭和の初め頃までは母の親戚関係の人々が大勢拝島の家に集まって、拝島の河原で遊んだり奥多摩や秋川へ出掛けたりしたが、その際、払沢の滝の事を漢字が似ていたから（旧漢字で払沢を佛沢と書き、佛が旧漢字のドルすなわち「弗」と似ていた）か、読めなかったのか、誰かが「ドル（＄）沢の滝」と呼んでいたのを子供心に面白いと思ったのか、特によく覚えている。

秋川を三頭山への道と分かれて右側へ行くと、大岳山の近くへ行く道があった。その道は崖のような道であったり、山あいの道であったりしたが、奥に神社があるという話で、途中狛犬や神社の門のようなものがあったりした。

しかし最後に歩いて行くと、そこで数か月前落石のため人が死んだという場所があり、私も危険を感じてそれ以上行かないで、また道を引き返して来たのを覚えている。

註　私の泊まった宿は東京都ではなく山梨県小菅村であったと記憶している。

益沢　平成元（1989）年 5 月

第三章

立川駅南口の事

私は若い頃、旧制府立二中（現・都立立川高校）に五年間通学していた。その頃はまだ五日市線が奥多摩街道沿いに青梅線と併行して立川まで走っていた（昭和一九（一九四四）年廃止）。だから五日市から立川まで一緒に通学していた五人の親友がいた。

そのうち、五日市から通学していたM君は海軍兵学校へ進学し、紺色の制服に短剣姿が良く似合って、ちょっと羨ましい気がしたのを覚えているが、戦時中フィリピンから内地に撤退する途中、飛行機事故で亡くなられた。同時期に二中から満州建国大学に進学したS君は、日本の敗戦とともに満州国が無くなってしまったので、帰国し長く中学校の教諭を務め、副校長にまでなられ、停年後も五日市の町の色々な役職を務め五日市の町に貢献されたが、一〇年くらい前に亡くなられた。

立川駅五日市線ホーム　昭和11（1936）年

現・あきる野市の東秋留駅から通学していたN君は、旧制弘前高校を経て京都帝国大学（現・京都大学）へ入学。生まれつき足が少し悪かったので兵役を免れ、自身が玉泉寺というお寺の出であった関係もあって、大学では寺院建築を専攻されたが、結局お寺の跡を継がれ住職になられた。そのかたわら民間の建築会社にも多少関わっておられたようだったが、六〇歳を過ぎてから胃腸の病気で亡くなられた。また現・昭島市の大神駅から通学されていたA君は早稲田大学在学中に海軍予備学生を志願され、海軍将校となりアメリカ海軍との海戦中に戦死された。彼は一時休暇で内地に帰った時、友人に、軍艦勤務をして日本軍の劣勢を知り、予備学生を志願していた事を後悔した、と話されたと人から聞いた事がある。

当時は大本営のでたらめな発表により、国民のほとんどが日本軍の勝利を信じていた時代であった。私は大学に行かなかったため、現役兵として入隊し、ソ満国境（現・中ロ国境）の警備にあたっていたが、運に恵まれて内地に生還し、もうすぐ九五歳になる今日、ただ一人生き残っている。

私の小学校は男女あわせて一組だけの三七人の小さい学校で（当時）、私は長男として大事に育てられたので内気でおとなしく決断力もない生徒だった。中学では、小学校でやっていなかったので部活動をすることもなく五年間を過ごした。

従ってただ通学するだけで、立川の街を遊び歩いた事もなく、多少知っているのは立川駅の南口方面だけである。ただしその南口も、道路だけはその頃とそんなに変わらないが、最近の街並は大きく変わったようだ。

立川駅は明治二二（一八八九）年当時、甲武鉄道と呼んでいた現在の中央線が立川駅まで開通し、多摩の交通の中心として発展してきた。江戸時代は柴崎村という大きな農村ではあったが、それほど目立った村ではなかった。何故かというと、江戸時代には街道の宿場が中心であり、甲州街道の府中宿の次の宿場は日野宿であり、立川ではなかったからである。

柴崎村には氏神様として諏訪神社（祭神は健御名方刀美命《たけみなかとみのみこと》とその妃・八坂刀売命《やさかとめのみこと》）があり、また中世の豪族立川氏の菩提寺として普済寺があった。江戸時代の農村ではキリシタン禁制のため氏子でなければ村民として認められなかった。

柴崎村は多摩川沿いの村々と同じく立川段丘という段丘（がけ）によって多摩川に接しており、柴崎村の南側の

立川北口駅前　昭和 11(1936)年

崖際に鎌倉古道が走っていた。

普済寺には寺の周りに土塁があり、これは中世の豪族立川氏の家敷跡である。立川の地名や立川駅の駅名の起こりはここから来ている。また関東の豪族の間で立川原合戦と言われる合戦があったという記録はあるが、その場所は明らかでない。

普済寺は何回も火事で焼失したが、現在でも再建された寺の外に六面石幢と呼ばれる石幢が残っており、六面に阿弥陀如来をはじめとする仏像が彫刻されていて、国宝に指定されている。

江戸時代・明治時代以降、多摩川は水がきれいで鮎の遡上する川として有名で、柴崎村の少し下流には多摩川と浅川の合流点があり、川幅も広くなっている。従って江戸時代から多摩川の鮎漁が盛んで、遊覧船を持った何軒かの料亭があった。「明治十三景」という当時のパンフレットによると、「立川亭」などの料亭があり、鮎を捕獲し塩焼きにして酒のさかなにし、芸者さんを呼んで宴会を開き、大勢で楽しむ事が大変盛んであったという。

その後下流にいくつもの堰が出来たため鮎が遡上しなくなり、多摩川上流の水道水の取水の増加と相まって、現在は琵琶湖から鮎の幼魚を買って来て、上流に放流する放流鮎が、多摩川の鮎漁の主流を占めている。

私が府立二中に通っていた頃は、戦時中で「質実剛健」がモットーで、教頭が軍国主義的な言動を繰り返し、自由な雰囲気ではほとんどなかった。戦後、マッカーサー司令部の指令により教員の資格審査が行われた際、教頭は不適格者として追放された。

後に長女、次女も立川高校に入学し親子三人がお世話になった。二人の娘に聞くと、娘の在学していた頃の立川高校は自由な雰囲気であったという。私は自称アマチュア写真家として写真集なども発表していたので、同じく小説や翻訳などを発表しておられた香川節君と一緒に同窓会誌の編集に携わった。また、郵便局長であるので会計に詳しいのではないかというので、同窓会の会計監査を務めたりし、よく立川へ通った。

私が郵便局長であった頃、羽衣町の交番の裏辺りに昭和三三（一九五八）年に廃止されるまでは遊郭があったが、国立駅から立川駅へ行く立川との境の所に郵政研修所があり、そこで色々な研修が行われた。私も一度、貯金や保険のノルマが達成出来ない成績不良の局長として研修を命ぜられ、行った事がある。そこには宿泊施設もあり、他の県から研修に来たある局長が、一日の研修が終わってから毎晩、羽衣町の遊郭に行って遊郭の女性に熱中し、研修が終っても借金が返せなくて故郷の郵便局の村へ帰る事が出来なくなったという話を三回も四回も聞かされた事があって、その話が強く印象に残っている。

塩船観音と天寧寺に参詣して

立川から青梅に通ずる青梅線は福生駅、羽村駅の次が小作駅、その次が河辺駅で、そこで下車し北へバスに二〇分くらい乗ると、古刹・塩船観音寺の近くに停留所がある。

塩船観音寺は真言密教そして修験道の流れを汲み、御本尊は十一面千手観世音である。観世音菩薩は大慈大悲で衆生《しゅじょう》を済度することを本願としており、阿弥陀如来の脇侍として衆生の求めに応じ、様々に姿を変えるとされる菩薩である。はじめの観世音寺（観音寺）は福岡県太宰府の東にある観世音寺・戒壇院である。聖武天皇の発願により創建され、天平宝字五（七六一）年に完成した。当時は奈良の東大寺、下野《しもつけ》（栃木）の薬師寺と並んで三戒壇の一つと言われたが、その後衰微して博多聖福寺の

雪晴れの塩船観音仁王門　塩船観音寺　青梅市　平成6(1994)年2月

塩船観音寺　青梅市　昭和 59 (1984) 年 5 月

塩船観音寺とつつじ園　青梅市　昭和 59 (1984) 年 5 月

末寺となったと記憶している。しかしその後、全国各地に観音寺が建てられた。塩船観音もその一つである。

私は、まだ塩船観音寺だけの時も、まわりにたくさんのつつじが植えられた時にも行ってみた。つつじが植えられた後に行った時は、塩船観音寺の古い建物の伝統の良さのようなものが失われてしまった気がしたが、つつじ園のまわりの山の上の道を一巡してから窪地の下に出て、山の斜面いっぱいに植えられたつつじの、見事に咲いた赤一色の美しさを今でも鮮明に覚えている。

塩船観音寺は、大化年間（六四五～六五〇年）に若狭の国の八百比丘尼《やおびくに》がこの地に小さな観音様を安置してこの寺を開いたと伝えられる。また、つつじは昭和四〇（一九六五）年に、付近の住民の協力によって植えられた。

雪晴れの天寧寺本堂　青梅市根ケ布《ねかぶ》　平成６(1994)年２月

その窪地の入口にある茶店で一服してから西の方へ歩くと、東青梅駅から小曽木・成木を通って埼玉県入間市の方に抜けるやや大きな道がある。今から数十年昔の話であるが、二〇～三〇分歩くとそこに、青梅の名刹・天寧寺の入口があった。

私が行った時はちょうど御住職がお留守だったとみえ、天寧寺の由来を知ろうとパンフレットの様なものがあればもらいたいと思って数回「お願いします」「お願いします」と少し大きな声で言ったが返事がなかったので諦めた。立派な寺で、講堂と思われるような場所もある大きな建物であった。

寺伝によれば、天寧寺は曹洞宗永平寺を大本山とし、天慶年間（九三八～九四六年）に平将門の開創であって、高峯寺と称し、顕密（顕教と密教）兼修道場であった。その後兵火で焼き尽され廃寺となったが、文亀年間（一五〇一～一五〇四）に再興されたといわれ、礼学が盛んで四方より修学の徒が集まり、後柏原天皇が開山和尚に深く帰依し、その詔勅により天寧寺と改称した。最盛期には一五〇もの末寺を持っていたといわれる。

天寧寺は多摩の西部では昔から有名な寺で、私の菩提寺である拝島の龍津寺も天寧寺四世によって創設されたと伝えられ、龍津寺にはその墓もある。

曹洞宗は禅宗の一派で越前の永平寺や鶴見の総持寺などを大本山とし、道元禅師が入宗して如浄からこれを伝え受け「只管打坐《しかんだざ》」を説く。これは余念を交えずひたすら座禅をすることをいう。

唐の「曹山本寂《そうざんほんじゃく》」により開かれたと伝えられている。

私はその道を通って埼玉県の境に近い小曽木・成木の方へも行きたかったが、それでは夕方までに家に帰るのは無理なので、その日はその道を東青梅駅まで引き返して青梅線で家に帰った。

天寧寺では何人かの参拝客がいて、その人達から色々な妖怪の話を聞いたが、その当時は私自身妖怪などあるはずもないと思っていたので残念ながら妖怪の話はほとんど忘れてしまった。しかし青梅出身の女中から聞いた話を基にしたという雪女の話など、小泉八雲の小説に出て来る青梅の「妖怪」の話の起源は天寧寺の周辺にあるのかも知れない。

古い禅寺と真赤なつつじ、私にとって忘れられない日であった。

五日市憲法草案について

ＪＲ五日市線の終点・武蔵五日市駅で降りて、秋川の流れに沿った道と反対の道を行くと、明治憲法公布の前後に五日市周辺のグループに加わっていた千葉卓三郎によって起草された「五日市憲法」と呼ばれる憲法草案が発見された場所に行きつく。

伊藤博文が中心となって明治憲法、すなわち「旧憲法」が公布されたのは、明治二二（一八八九）年の事であった。

江戸幕府を倒して明治維新を実現した志士達は、廃藩置県・四民平等・散髪脱刀令など、初の内務卿となった大久保利通を中心として改革を進めた。その後、征韓論などの意見の対立から下野した西郷隆盛は薩摩に私学校を設立したが、その生徒を中心とした西南戦争など士族の反乱を抑えて、維新政府を確立し、中央集権が実現した。それまでは国と言えば藩の事であり、明治維新によって初めて日本は近代国家を確立して列強の仲間入りをしたのである。西郷隆盛は士族に押されて反乱を起して熊本城を囲んだが、後に敗れて城山で敗死した。この時大久保は、西郷が死ねば私も殺されると予言していたが、その予言通り、登庁の途中二人の暴徒に襲われて殺された。

その後を継いだのが吉田松陰の松下村塾門下生の一人である伊藤博文である。伊藤は明治維新の総仕上げとも言うべき明治憲法の起草にあたり、調査のためイギリス及びドイツに出張したが、イギリスよりもドイツの憲法の方が日本の国情に合っているとして、ドイツの憲法を参考にして日本国憲法草案を作り、明治天皇の裁下を得て明治二二年に公布された。それは当時としては、それなりに合理性を持った憲法であった。

しかし当時、伊藤博文は新しく設けられた参議にはなったが、西郷隆盛らと共に下野し、明治政府で志を得なかった板垣退助らによって創設された自由党を中心として激しい議論が行われ、前述の東京経済大学教授であった色川大吉氏によって発見された「五日市憲法草案」をはじめ、板垣退助の系統の立志社の人々の作った「日本憲法見込案」、大隈重信・福沢諭吉の系統

深沢家屋敷跡　あきる野市深沢　平成 30（2018）年 8 月

の交詢社の人々の作った「私擬憲法案」などが創られた。その中で、五日市憲法草案は最も細かな人権規定を持つ事で知られている。

それは明治一三（一八八〇）年頃、学習結社「学芸講談会」による研究と討議の結果、五日市の勧能学校の教師であった千葉卓三郎によって起草されたものである。

話を元に戻すと、前述した通り私は駅前で聞いた道をずっと歩いて行った。三〇～四〇分ほど歩いただろうか、二〇〇坪くらいの敷地にお墓と白い蔵が建っている場所に出た。人は誰も住んでいないようだった。

山間地で先祖代々のお墓と家が同じ敷地に立っているのを、私はほかでも見た事がある。

その敷地には深沢家の墓と白い蔵が立っていた。深沢家の墓が七つか八つあったのでそこに丁寧にお参りした後、白い蔵をしばらく眺めていた。その蔵の前には五日市憲法草案が発見された蔵である旨の五日市町教育委員会の簡単

深沢家屋敷跡　あきる野市深沢　平成 30（2018）年 8 月

な説明文が立っていたように記憶している。

私がなぜこんな場所に来たかといえば、私は戦後、志を立て多摩だけをテーマとして好きな写真で時代の記録を残す活動を続けていたからである。

山の中でその白い蔵を三〇分程眺めて色々な連想を膨らませていたが、もと来た道を引き返して五日市の駅から家に帰った。

私にはこの千葉卓三郎の憲法草案が、当時の憲法論争の中で伊藤博文の憲法草案にどの様な影響を与えたかはよく解らない。しかしこの憲法草案に細かな人権規定があった事が後世評価されるのは結構な事である。

明治憲法でも思想・言論・集会・結社の自由の規定はあったが、それはあくまで法律の範囲内という条件付きの規定であった。そのため共産主義の宣伝禁止の名目で治安維持法という悪法が出来、満州事変に始まり中国や米国を中心とする連合国に対するいわゆる十五年戦争の期間を通じ

五日市憲法草案の碑　あきる野市　平成 30（2018）年 8 月

て、侵略に反対し平和を望む全ての人々に適用され、終戦間際には私の尊敬する哲学者・戸坂潤や三木清なども投獄された。戦後、釈放されるのが遅れて三木清は獄死した。

これらの歴史を考える時、憲法も時代の経過とともに必要があれば改正しなければならないが、現在がその時期だとは思わない。憲法と自衛隊との関係が色々と論議されているが、本来自衛権というものは国際法上認められているので、ことさら憲法に明記する必要があるとは思わない。

身近な鳥達の事

鴎《かもめ》や雁《がん》などはよく小説や歌の題材になっているが、私は鳥について特別な関心を持っているわけではないので、身近な鳥について印象に残っている事は少ない。しかしその少ない中で印象に残っている事を書いてみたいと思っている。

その第一は、子供の頃からしょっちゅう多摩川へ水遊びに行っていたが、堤防の手前あたりの上空に鳶《とんび》がいつもぐるぐる廻りながら飛んでいたことである。子供心にも同じ所の上空をぐるぐる廻っているのが不思議だった。しかし何年も経つうちに、いつの間にかその鳶はいなくなり、その後五〇～六〇年以上、一度も鳶を見たことがない。おそらく自然環境の変化によって、生存出来なくなったのではないかとも想像されるが、そうとすれば寂しい話である。私の頭の中には幼い頃見た鳶の空をぐるぐる廻る姿が何故か強く焼き付いている。

次に印象に残っているのは、私がガキ大将の指揮の下で野山をかけめぐっていた頃のことである。その頃田んぼの中の川の縁に、1本だけ大きな桑の木があった。私はガキ大将の命令でその桑の木にトリモチ（鳥黐:モチの木の樹皮から作った粘り強いもので、鳥など捕まえるのに用いる）を仕掛けた。翌日行ってみると、予想通り鳥がかかっていて、比較的大きな鳥であった。トリモチから抜け出せないでバタバタやっていた。その時のガキ大将の嬉しそうな顔はいまだに忘れられない。もちろん、私もとても嬉しかった。その鳥はガキ大将が捕まえて持って帰ったように記憶しているが、その鳥が何という鳥だったのか、それからその鳥をどうしたかなどは残念ながらよく覚えていない。

ガキ大将だったその子供と私は、その後拝島第一小学校の校庭でとっくみ合いの喧嘩をして、敗けて長い間校庭で横になっていた事もあったが、その相手が誰であったかは今でもはっきりしない。子供の喧嘩とはそんな程度のもので、後に恨みを残すようなものではないのかも知れない。

第三は、鳥は鳥でも大きな卵を生む鶏の事である。レグホンとも呼ばれ広く飼われていた。隣接している本家では、村の名家の若い当主として青

多摩川土手　昭島市　撮影日不明

年団長などを務め活躍していた先々代が、家業の種屋や撚糸《ねんし》業、農業など手広く営んでいたが、若くして病に倒れ長い闘病の末亡くなった。隣の福生《ふっさ》から嫁に来た人が一人になって、子供を育てながら養鶏業も営み、たくさんの鶏を飼って、その卵を売って一家を支えていた。その鶏小屋が私の家に隣接していたので、私はコケッコーという鶏の声を毎日聞きながら育った。私は全身が白でくちばしの下に赤色のものがぶら下がっていて温和な性格の鶏が好きだった。私の家も敷地が広いので、何羽か放し飼いにして、卵を生ませたいと何回も考えたが、家の窓からよく外を見ると、猫が家と家の境のコンクリートの塀の上をしょっちゅう歩いているので、放し飼いにしたら猫に食われてしまうと思って結局断念した。

最後の二つは鳥に関する嫌な思い出である。

一つはまだ家が郵便局の局舎とつながっていた数十年前の話だが、その頃家の玄関の前に桃の木があった。老木で五月頃花は咲いてもなかなか実はならなかったが、やっと一つ赤い実がなった。実もだんだん大きくなった

釜ヶ淵公園　青梅市　昭和63(1988)年1月

ので明日にも収穫して実を食べようと思って寝た。ところが朝起きて桃の実を食べようとして玄関を開けたら、その桃の実はすっかり鳥に食べられて少ししか残っていなかった。その時程がっかりした事はない。

それからかなり経ってから、前の家と同一敷地内の別の場所に建てた家の前に一本の柿の木が植えられており、秋になると柿の実がたくさんなって家中でよく食べた。その柿の木はだんだん木が大きくなって私達の手の届かない所にもたくさん実がなっていたが、その実は色んな鳥が来てみんな食べてしまった。しかし私達も下の方の柿の実を充分食べたので、私達の手の届かない高い所を鳥が食べるのを楽しく見ていた。その時は鳥と人がうまく住み分けていると思った。今西錦司博士の有名な住分理論《すみわけりろん》とはこの事かなと思ったりした。

二つめはカラスに関する思い出である。人間の近くに住んでいる鳥の中では、カラスは悪者にされることが多いが、私の印象も例外ではない。やはり五〇年くらい前の事だったろうか、その頃、家庭から出たゴミは袋に入れて何日かに一度、朝、道路沿いの家の前に出し、それを市の回収車が来て次々と回収していく仕組みであった。ある朝早く、私は袋に入れたゴミを出してから一時間程経って、そのゴミが回収されたかどうかを見に行ってみた。すると、敷地の前の方に建っている郵便局の屋根の上に数羽のカラスがとまっており、家庭用のゴミ袋はズタズタにされてゴミが地面一杯に散乱していた。私はカラスを見てこの野郎と思ったが時すでに遅かった。

それから毎年の事なので忘れていたが、梅の咲く頃になると家の裏に一本植えてあった大きな梅の木に鶯《うぐいす》が必ずやって来て、ホーホケキョウと聞きほれるような美しい声で鳴いていた。ただその時期は三月末か四月初めぐらいで、一般に鶯が鳴くといわれている時期より少し遅いようだったと記憶している。

昭和記念公園日本庭園　立川市　平成28（2016）年11月

青梅・吹上しょうぶ公園

平成三〇（二〇一八）年六月一三日、私は介護サービスの方に車椅子に乗せてもらって青梅市の吹上しょうぶ公園に出掛けた。往復はタクシーで行ったが、途中で塩船観音へはここからが行く道だ、という場所を通った。その道は私が六〇年くらい前、小作《おざく》駅からバスで塩船観音へ行った時の道とは違うような気がしたが、記憶が曖昧でよくわからなかった。

出発の前日にNHKでアヤメが見頃というような放送があった。私はアヤメと菖蒲は同じ花だと思っていたが、辞書を引いてみると別の花だった。

当日は午前九時半頃老人ホームを出発し、一〇時少し過ぎた頃、しょうぶ公園に到着した。そこで一人二〇〇円の入園料を払って公園の中に入った。公園内

吹上しょうぶ公園　青梅市　平成30(2018)年6月

には、両側が丘の林に囲まれたような所に細長い田んぼがあった。これを谷戸（丘陵地が浸食されて形成された谷のような地形、またはその地形を利用した農業を指す事もあり、おもに東日本の丘陵地に多く見られる）と言うそうだ。

そしてその細長い田んぼの中に、説明書では一〇万本と言われる花菖蒲が美しく咲き乱れていた。私が見た所では一〇万本は多すぎるような気がしたが、私達が行った時も菅笠をかぶった人（男か女かよく解らなかった）が田の中に入って、菖蒲の花がしおれたのを一本一本引き抜いており、ずいぶん苦労して整備し、常に美しい菖蒲園にしておく大変さが私達にも感ぜられた。

花も紫や黄色や白など色々な花があり、咲いている期間も長いので、一〇万本近くなるのかも知れない。

吹上しょうぶ公園に行ったのは、花を見るのと、写真の好きな私が菖蒲の花を撮影するのが目的であったから、車椅子を押してもらって、しょうぶ公園の周囲をぐるりと一周して、美しい花の咲いている要所要所で車椅子を止めてもらって、菖蒲の花を撮影した。デジタルカメラの画像を見ると大写しの菖蒲の花がよく写っている。白い花もあり黄色い花もあり紫の花もあったが、とりわけ紫の花が美しく、私もすっかり満足した。

吹上しょうぶ公園のある両側が小高い丘で、林にかこまれて細長い水田になっている所は「谷戸」と言うそうだが、一見して同じ風景を何処かで見たような気がした。それが何処だったか色々考えてみたがどうしても思い出せなかった。ちなみに私はそれまでこの公園に行った事はない。

また、菖蒲が咲いている道を挟んで一方の山側には、背の高さが二メートルくらいある茎があって、そこには赤い美しい花が咲いていた。

娘に聞いてみたらそれは立葵《たちあおい》という花で、菖蒲とは違って数は少なかったが、別の意味で美しかった。私は拝島の墓地や、田のあぜなどで秋の彼岸頃に赤い花を咲かせる彼岸花かと思ったが、花が咲く季節が考えてみると違っていた。

彼岸花は有毒植物であるが、薬用やデンプン糊としても使用されていた。また曼珠沙華とも呼ばれ、花の咲く頃はちょうど秋の彼岸の頃である。また地方によっても異なるが七月一五日は盂蘭盆会《うらぼんえ》で、仏教の教えで祖先の霊魂を送り迎えする日であり、初日の一三日には迎え火を、最終

吹上しょうぶ公園　青梅市　平成30(2018)年6月

日一八日には送り火を焚いた。迎え火・送り火を焚いた日の夕方の奥多摩街道（旧・日光街道）に面した家の前で、どこの家でも一斉に麻幹《おがら》を焚いたので、薄暗くなった街に一斉に灯りがついたようでその光景は幼い時からずっと心に焼付いている。

お盆に本当に私を大事にやさしく育ててくれた両親の霊魂に会えるなら、今でも会いたいと思っている。

だいぶ本題から離れてしまったが、素直に言って、初めて見たしょうぶ公園は美しかった。

私達は立川で昼食を取り、午後一時半頃老人ホームへ帰った。

なお、細長い田んぼと言ったが、吹上しょうぶ公園の細長い田んぼには稲は植えておらず、水もなかったようだった。

吹上しょうぶ公園　青梅市　平成30(2018)年6月

幼い頃の思い出話

老人ホームに入って四年半、ここの生活にも慣れてきて安定した暮らしを送れるようになると、時々幼い頃の事を思い出す。その一つは、春になると田んぼ一面に紅紫色に美しく咲いていた蓮華草の花である。なんでもその花が稲の育つのに肥料になると聞いた。

また野菜作りの肥料として化学肥料のほかに人糞が広く使われ、人糞を利用するための溜池が作られた。この池に自分が落ちた事はなかったが、友達が落ちて衣類も身体もどろどろになって、なかなか臭味が抜けなかったという話を何回か聞いた。もし自分が落ちたらどうなっただろうと考えるとぞっとした。しかしこれは戦前の話で、戦後は化学肥料の普及が進んで肥料として人糞を野菜に掛けるような事はなくなった。

今の我々から見ると不衛生のようだが、私達の幼い頃はそんな事は考えなかったので、人糞をかけてすくすく育った野菜を喜んで食べた。もしかすると生物の中でもっとも賢いといわれる人間の糞がそんなに不衛生であるはずがない、と考えたのかも知れない（笑）。

次に幼い頃の思い出として残っているのは、「度胸試し」の事である。あれは小学校三、四年の頃だったろうか、私達は放課後はガキ大将の下で遊んでいた。ある時、ガキ大将が度胸試しをやると言いだした。私の家の裏は龍津寺の竹林でその竹林の北側に、西の方からお寺へ通ずる一本の道があり、その途中に稲荷神社が祭ってあった。東側からその道を通って稲荷神社まで夜八時頃行ってみろと言うのである。私は言われた通りある夜、稲荷神社まで行ってみた。すると頭の上からかなり大きな竹製のものが落ちて来た。

幸い私の身体には当たらなかったが、それは、多分鶏の卵を取るために、鶏小屋で鶏を並べて入れて卵を生むと卵が落ちるようなしかけになっている長方形の入れ物で、俗に「バタリ」と呼んでいた。夜で真っ暗だったので、上に人がいて誰かが落としたのか、あるいは自然に落ちて来たのかよく解らなかった。

しかし稲荷様のある場所は私の家のすぐ近くで、よく行く場所だったので、別に怖いような気はしなかった。そのまま元の場所へ戻ったが、ガキ大将は別に何とも言わなかった。しかし何故かその事は、はっきりと心の中に残っている。幼い頃の事は大部分が忘れてしまっているのに、その事だけをはっきり覚えているのはどうしてか、いまだにその理由が解らない。「バタリ」の話は卵を生む雌（牝）に関係した話であり、雄（牡）は首をひねられて殺され、鶏肉にされて人間に食べられてしまった。私は飼われている雄が、首をひねられて鶏肉にされる場面をよく見かけた。その時は何とも思わなかったが、今考えて見ると可哀想な場面であった。その時はひねられた鶏の首のあたりから血がだらだらと流れた。

最後に思い出したのは、シジミのことである。前にも書いたが、多摩川には上流から下流に向って、左岸の拝島村（昭島市）と右岸の高月村（八王子市）の所が多摩川と支流秋川との合流点にあたるために、ここに大きな農業用水堰（地元では九ケ村《くかむら》用水堰と呼んでいた）が造られていた。そこから拝島村・田中村・大神村・宮沢村・中神村・築地村・福島村・郷地村・柴崎村（現・昭島市および立川市）の九村の田んぼに水を引くための堰であった。その後、柴崎村（現・立川市）は地域が発展して田んぼが無くなってしまったので脱退したが、堰から引いた用水路は現在でも立川堀と呼ばれている。その用水路を通って私の家から多摩川へ行く道にはコンクリートの橋が掛かっていた。その橋を渡ってまっすぐに行くと二〇〇メートルばかりで多摩川堤

昭島市拝島町　平成元（1989）年6月

防で、橋から右に曲がると、すぐ学校法人啓明学園の構内であった。その立川堀で私達はよく釣りをしたが、ある時、橋から上流の川の中をのぞくと、何と驚いた事にシジミの大群が川一杯に発生したのが見つかった。シジミ汁が身体に良いなどという事は漢方の知識で父母が話しているのを聞いていたので、幼い私も、シジミが身体に良いと知っていた。

シジミは小さな貝なので、私は川へ入って家に持って帰ろうとも思ったが、子供の事だからそんなにたくさん持って帰っても仕方がないとも思い、また子供の私には立川堀で釣れた鮒やハヤ(ウグイ)の方が大切に思われたので、シジミはそのままにして家へ帰った。

羽村堰下多摩川　羽村市　昭和59(1984)年3月

アキシマクジラの事など

昭島の多摩川の河原で、骨格のはっきりしている鯨の化石を発見したのは、私が昭島市の文化財保護審議会委員をしていた時の同僚の田島政人さんであった。この鯨は「アキシマクジラ」と名付けられた。この事は当時の新聞の三多摩版で大きく報道され、大勢の見物客が訪れ、市では毎日職員を派遣してこの鯨の化石が盗まれたり破壊されたりしないようにした。

その後、国立《くにたち》音楽大学のA教授と理化学研究所のB研究員の鑑定によって、その化石は五〇〇万年前のものと鑑定され、いわゆる古東京湾が現在より広かったという仮説から、昭島は当時海中にあった事が実証された。当時五日市で色々な貝の化石が発見されていて、古東京湾の仮説、つまり東京湾は現在よりも広かったとの説の信頼性は高まっていたが、この鯨の発見により昭島市も海中にあった事が実証されたのである。

田島さんは当時市内の小学校の先生をしておられたが、生物学や考古学にも興味を持っており、よく多摩川の岸辺に観察に来ていた。鯨の化石は、たまたま当時六才の息子さんを連れて多摩川べりに来られた際に発見されたのである。

この発見は昭島市にとっても大きな意味を持つものとなった。当時、政府により町村合併が全国的に行われ、東京では都の勧告により昭和町と拝島村が合併して昭和の「昭」と拝島の「島」をとって新市が「昭島市」と名付けられた。しかし合併してから日が浅く、昭島の名前は一般にはよく知られていなかったが、このアキシマクジラの発見により昭島市の名前が広く知られるようになったからである。

昭島市はこの発見を記念して公園に記念碑を建てたり、市や商工会が先導して「くじら祭り」が始められた。祭りは昭島駅の道を出て街道とぶつかる所から始まり、大きなプラスティックのようなもので作られた鯨を先頭に市内の色々な団体や人々が行進して、市の東部にある競技場で市内各町の御輿や太鼓をはじめ歌や踊りなど、色々な催しが終日行われた。拝島の屋台も勿論参加した。拝島の屋台のお囃子は上宿が「重松囃子」、中宿が「神田囃子」、下宿が「目黒囃子」とそれぞれ異なる流派のお囃子であった。

今まで昭島市の拝島地区では榊祭が盛大に行われ、特に深夜の榊巡行と翌日の神輿巡行が盛大で、東京都の文

くじら祭りの行進　昭和 55（1980）年 8 月

化財にも指定されていたが、参加者は原則として村民（町民）に限られていた。また、中神村の熊野神社のお祭りもあったが、この祭りも参加者は同様であって全市を通じてのお祭りとは言い難かった。

くじら祭りが始まって初めて、昭島市全体のお祭りが実現した。私は日吉神社の氏子総代を長く務めて、それに専念していたのでくじら祭りのことはよく知らなかったが、各町内の神輿や太鼓も年を追うごとに整備され、立派な祭りに成長したようである。戦後一時、祭りをはじめさまざまな伝統的行事が無くなったが、落ち着くにつれて復活した。ただしアキシマクジラの出土した時代について、地質学の進歩によって五〇〇万年前の化石が三〇〇万年前と訂正された。この二〇〇万年の差が出た事によってアキシマクジラの出土した時代に、昭島が海で、古東京湾の一部であった事に疑問を抱く人もいるようになった。くじら祭り

アキシマクジラ発見記念碑　昭和 62（1987）年 5 月

Paleontological Research 22(1):1-19. 2018
https://doi.org/10.2517/2017PR007

A New Species of the Genus *Eschrichtius* (Cetacea: Mysticeti) from the Early Pleistocene of Japan

Toshiyuki Kimura, Yoshikazu Hasegawa and Naoki Kohno

Received: September 16, 2016; **Accepted:** March 5, 2017

[+] **Author & Article Info**

Abstract.
The family Eschrichtiidae is presently only represented by *Eschrichtius robustus*, a relict species from the North Pacific. Because of the scarcity of fossil records of the Eschrichtiidae, their evolutionary history is not well understood. A finely preserved mysticete skeleton was recovered from the Lower Pleistocene (1.77–1.95 Ma) of Tokyo, Japan, in 1961. The fossil consists of a cranium, mandibles, cervical, thoracic, lumbar and caudal vertebrae, chevrons, ribs, and forelimb bones, including scapula, humerus, radius, ulna and digit bones. Here, we describe and diagnose this fossil as a new species of the Eschrichtiidae, *Eschrichtius akishimaensis* sp. nov. This is the first fossil species of the genus *Eschrichtius* and suggests that at least two lineages represented by the modern species of *Eschrichtius* and the new species described here survived as late as the Early Pleistocene. This expands our knowledge of the paleodiversity of the eschrichtiids.

アキシマクジラが報告された2018年の論文

は相変らず盛大に行われているが、アキシマクジラはそのへんの事情もあって昔ほど注目されないようになった。

アキシマクジラの化石は国立科学博物館の分館で調査、保管後、平成二四（二〇一二）年から群馬県立自然史博物館に保管されているが、巨大なものなので余り見る機会がない。

このクジラは、群馬県立自然史博物館の学芸員の木村敏之さんらが平成三〇（二〇一八）年一月に日本古生物学会誌（Paleontological Research）上で英文の論文を発表し、エンシス（Eschrichtius akishimaensis エスクリクティウス・アキシマ）の学名で正式にコクジラ属の新種と認定され、科学の進歩により一六〇万年前のものと判った。

昭島市　平成8（1996）年11月

八高線の拝島駅から八王子行きの多摩川を渡る鉄橋のすぐ下の所には、アキシマクジラの発見場所があり、私は文化財保護審議会委員として何回も見物客を案内して説明した。

たまたま終戦直後、中国大陸から復員してきた人々が故郷に帰る途中、まだ電化されていなかった八高線に乗った所と同じ鉄橋の上で、列車の最後部分の車輌が脱線して橋下に転落し、大勢の死傷者を出した事があった。見学者の質問もあり、同じ橋下でここの何番目の橋脚の下が鯨の発見された場所で、何番目の橋脚の下が列車が転落した場所だ、などと説明していたが戦後七〇年も経った現在では、その何番目かもよく覚えていない。

田島政人さんは親切な人で、多摩川の水が減少したためかよく解らないが、河原に咲いていた河原撫子や月見草などが無くなってしまったという話を私がすると、わざわざ月見草の黄色い花を送ってくれた。それについて私は田島さんに御礼の言葉一つ言わなかった事を、いまだに後悔している。

第四章

大相撲地方巡業の立飛場所を見て

平成三〇（二〇一八）年八月、大相撲地方巡業の立飛場所を見に行くというホームの行事があった。私は相撲が好きでテレビでは毎場所見ていたが、実際に見に行った事がなかったので、いいチャンスだと思ってさっそく申し込んだ。その日が来るのを心待ちにしていたが、とうとうその日が来た。

その日は午前一〇時頃ヘルパーさんが付き添ってホームの車で出発し、一〇時二〇分頃に目的地の立飛アリーナについた。中に入ってみると、そこには四方に観客席があり、一階には我々障害者でも行けるよう、二台のエレベーターがあった。中央には広い広場があり、そこではコンサート、踊りの会、尺八の演奏会や体操をはじめ各種の屋内スポーツイベ

大相撲地方巡業立飛場所　アリーナ立川立飛　平成30（2018）年8月

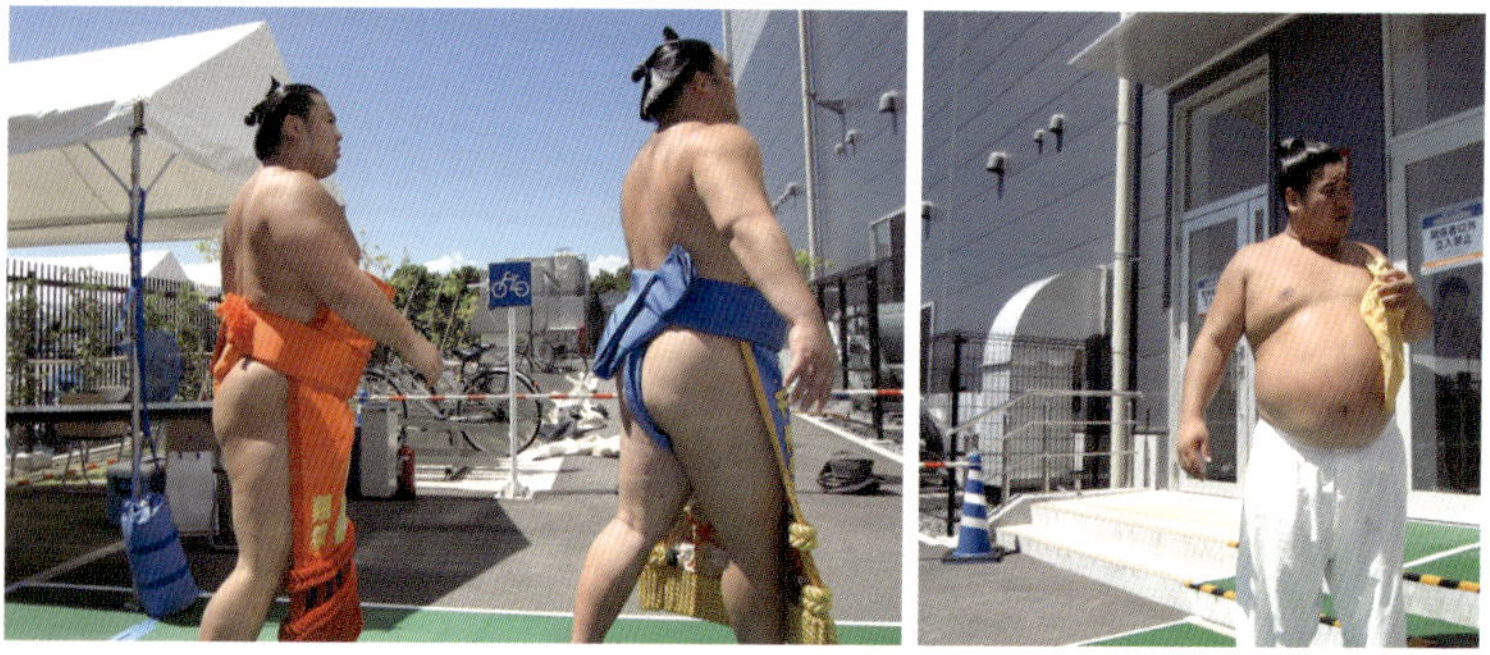

大相撲地方巡業立飛場所　アリーナ立川立飛　平成30（2018）年8月

ントなどを開く事が出来るようになっていた。観客席はおそらく三〇〇〇人くらいは収容出来るのではないかと思われるくらいの席があった。私達の席は二階のいちばん高い所にあったが、最前列で、いちばんよく全体を見渡す事が出来る場所だった。だから私達は、相撲の雰囲気にたっぷり浸る事が出来、とても嬉しかった。相撲場の入口近くにも連れて行って頂き、力士達の姿を身近に見る事が出来た。

　ただ、取組が始まってしばらく経ってから、私はある事に気が付いた。私は眼が悪くて、ホームのカラオケ教室などでは後部座席からはスクリーンの文字がよく見えないので、そのような時は常に一番前の座席に座らせて頂いていた。白内障のため、矯正視力でも右〇・一、左〇・三だった。だから少し遠くから見る今回の相撲見物は、当然双眼鏡のようなものを持って行くべきだったのに、それを忘れていた。従って横綱の土俵入り、三役揃い踏み、力士の取組などはだいたい解ったが、力士の顔まではよく解らなかった。そこで当日持参したカメラの望遠機能で力士達を一生懸命に見た。

そのカメラはデジタルカメラで、以前は私は不器用なので今までフィルムカメラは使えてもデジタルカメラは使えないと思い込んでいた。ところがこの老人ホームに入る頃に、次女の連れ合いが小さいデジタルカメラを自由に使いこなしているのを見て、無性にデジタルカメラが欲しくなった。そこで私は彼に頼んで、なかば強引にそのカメラを無償でゆずってもらった。予想した通りそのデジタルカメラは望遠レンズが無くとも望遠機能も付いており、とても使いやすかった。おかげで眼とカメラの両方を使って大相撲の地方巡業の立飛場所をとても楽しく午後三時の終了まで見る事が出来た。その間ホームのスタッフに大変よく面倒を見て頂き、心から御礼申し上げる。

大相撲地方巡業立飛場所　アリーナ立川立飛　平成30(2018)年8月

とりわけホーム長さんには、私のそばに時々来て、昼のお弁当も持って来て頂いた。私は三年前の九二歳の頃からトイレが近くなったので当日も紙パンツを使っていたが、相撲が終わるまで時間が長かったので、紙パンツだけでなくズボンまで汚してしまったが、ケアマネジャーさんがホームの私の部屋までついて来てくださり、トイレで汚れたものを全部着替えさせてくださった。

大相撲を見ていた時、すぐ近くでカメラを操作していた人も見受けられたので、あの大相撲のＮＨＫの中継のテレビ放送もあのようにしてやるのかなあと思った。時間は長かったが久し振りに充実した一日だった。自分で撮った中に一枚くらいいい写真があるのではないかと期待している。

立飛場所があった立飛アリーナは、正式名称を「アリーナ立川立飛」といい、立飛企業（現・立飛ホールディングス）が作った体育館で、名前のとおり前身は立川飛行機である。立川飛行機といえば私達にとってとても懐かしい名前である。戦時中は陸軍の軍事基地になっていて、その一角に立川飛行機があり、飛行機を生産していた。戦争が終わると同時に立川基地は米軍に接収され、飛行機の製造は禁止された。立川飛行機は主に不動産業となり一部の技術者は自動車産業に移ったようである。

国分寺市・おたかの道湧水園を訪ねて

新聞に、国分寺村の古い名主の屋敷があると載っていた。現在そこが国分寺市の「おたかの道湧水園」という公園施設になっているのを知り、その名主の屋敷が見たくて行ってみた。

私の住んでいた拝島村（現・昭島市）は明治元（一八六八）年に廃止された旧日光街道の宿場町で、八王子の千人同心が日光東照宮の火の番警備を命ぜられてから二〇〇年続いた街道の、八王子の次の宿場町であった。村は上宿・中宿・下宿の三宿に分かれていた。上宿は旗本領、中宿は天領、下宿は別の旗本の領地であり、上宿には名主、中宿には代官、下宿には別の名主がいたはずだ。私が幼い頃からあった「稲毛屋」というお菓子屋さん、「中屋」という薬屋さん、「根岸屋」という呉服屋さんなど、今は皆無くなってしまったお店の名前などはよく覚えているが、名主さんの名前などは覚えていないし、代官の名前など聞いた事がなかった。だから私は、旗本たちは多くが江戸に住み、名主が旗本の領地の実質的な支配者であったと考え、その大きな屋敷を見てみたかった。

他の人から、元の名主の家は今は無いが、かわりに遠くから移築した家がある、という話を聞いていたので、九月初め頃に介護サービスの方に車椅子を押してもらって、名主の屋敷があるという「おたかの道湧水園」に行ってみた。

行ってみると確かに屋敷は大きく、門は立派で蔵も名主の蔵にふさわしい大きい蔵であったが、肝心の名主の家は無く、移築したとされる建物は現代建築のような博物館となっていて、中に昔の名主の遺品を並べてあった。私は正直言って、名主の家らしい建物が無かったので大変がっかりした。

そこでやむなく公園の中の「お鷹の道」と言われる道をまっすぐに東の方へ進んだ。そこから更に緑深い道を進んで行くと道を横切って三本の湧水（わき水）が静かに流れていた。湧水にふさわしく透き通って手で汲んで飲めるような清らかな水だ。国分寺は江戸時代から徳川御三家尾張藩の鷹狩が行われた狩り場となり、崖線の湧水群に小道が整備され、「お鷹の道」と呼ばれるようになった。

鷹狩とは飼いならした猛禽類の鷹（オオタカ、ハイタカ）やハヤブサ、ワシ（イヌワシ、クマタカ）などを用いて鳥（鶴・雁・鴨・鷺・雉）や小獣（野兎など）を捕獲する狩猟の一種であり、江戸時代、

おたかの道湧水園長屋門　国分寺市　平成30（2018）年9月

おたかの道湧水園の蔵　国分寺市　平成 30（2018）年 9 月

この「お鷹の道」付近で広く行われた。鷹狩は古来より天皇・貴族の野外娯楽として盛んであったが、戦国時代以降は武家で盛んになり受け継がれた。

振り返ってみると、昔、外国の学者から透明度世界第二位と評価された多摩川の水も、上流の開発が少しずつ進んだ事もあって次第に透明度が低くなり、江戸の用水路として承応二～三（一六五三～一六五四）年に造られ、羽村から四谷大木戸まで武蔵野を掘割して多摩川の水を供給した「玉川上水」も明治三四（一九〇一）年に廃止された。そして現在は羽村の取入口から地下で村山・山口貯水池に運び、両貯水池から直接都内に供給しているが、東京の発展にともない今は利根川水系のダムの水が中心で多摩川水系の水は二〇パーセントに過ぎないと言われている。

そして羽村の取入口だけが残っている今日、このような清らかな湧水があることは私達にとってとても嬉しい事である。そこからやがてその道は、私達が公園に入った道へと続く道へ出て、私達はそこからタクシーを呼んで立川で食事を取り、午後二時頃老人ホームへ帰った。ほんの近くの小さな旅ではあったが思い出深い旅であった。

なお参考までに付け加えると、名主のことを関西では庄屋と呼んでいるようだ。

おたかの道湧水園　国分寺市　平成30(2018)年9月

小金井の花見

平成三〇（二〇一八）年四月三日、介護サービスの方に車椅子に乗せてもらって小金井公園に花見に出掛けた。昔から私は小金井の桜に憧れていたので、今年の花見は小金井と決めていた。国立駅前から直線に続く見事な桜は何回も見ていたので、今度は別の所へ行って見ようと思っていた。往復には、私は九四歳で足も悪いのでタクシーを頼んだ。

六〇年くらい前に、私は今回行ったのと反対側の、根川の川辺の道を通って小金井公園へ行った事がある。考えていたより広い公園で、その時写した写真は私のまとめ

小金井公園　平成 30（2018）年 4 月

た五冊の写真集の中の一冊に、一枚だけ納められている。その時はまだ桜は植えられていなかった。小金井公園桜守の会の人の話では、六〇年程前だという話だから、私が六〇年くらい前にここを訪ねたすぐあとくらいの事だろうと思っている。

五日市街道から左へ曲がるとすぐ小金井公園で、正面には「江戸東京たてもの園」と呼ばれている宮殿のような立派な建物が見えた。園内にはあちこちから古い建物を移築したと言われている。

その建物は通路の一番奥にあり、その建物の前に、入口から通路の両側に満開の桜が咲き乱れていて、通路の前の方は公園の中をぐるりと一周出来るようになっていた。私は車椅子を押してもらって満開の桜を思う存分楽しんだ。

今年は気温が高かったため、桜の開花は例年より少し早く、満開ではあるが散り始めた所もあり、花吹雪が体に降り注いで花びらで地面が一杯になっていた。花は「染井吉野《そめいよしの》」が大部分のようだった。桜には色々な種類があるが、私は平凡のようだがやはり染井吉野と、野原に山を背景に一本だけ咲いているしだれ桜の大木が一番好きである。

タクシーの往復は行きも帰りも玉川上水に沿った道を通った。私が憧れていたのは「小金井堤の桜」といって、多分、玉川上水に沿って植えられた桜の事であろう。

事前に桜守の会の人から聞いて、小金井公園で咲いている桜が一番美しいと言うのでそちらを優先したが、往復に通った小金井堤の桜もタクシーの中から見ただけだが所々に美しい花を咲か

小金井公園　平成 30(2018)年4月

小金井公園　平成 30(2018)年4月

せていた。

何でも玉川上水の両側の桜は咲く時期が異なる色々な種類の桜が植えられているという話なので、あるいはその関係かも知れない。小金井堤の桜は小金井公園の桜より古く、明治初期に植えられたものと言われている。次に来る機会には、玉川上水沿いの道を、桜の咲いている季節に見たいと思っている。

富士と桜は日本国の象徴と呼ばれている。例えば梅は中国が原産地と言われており、他の多くの花が原産地を他の国にもっているが、桜（とくに染井吉野）だけは日本古来の花と言われ、美しく咲いてはかなく散っていくところから「武士道の真髄」になぞらえられている。

したがって桜は、古来多くの人々によって歌に歌われている。私はその方面の知識にうといのが残念だが、俳句としては、桜の美しさを奈良の美しさに例えた芭蕉の句「奈良七重七堂伽藍八重桜《ならななえしちどうがらんやえざくら》」が有名である。和歌では、天智天皇が大化の改新によって開いた琵琶湖の近くの大津宮が、その子・大友皇子（弘文天皇）が壬申の乱による天武天皇との皇位継承の争いに敗れて、都も明日香に移され荒廃しているのを見た平家の頭領の平忠度が、源氏との戦いに敗れて一ノ谷へ向う途中、友人の歌人に託した歌「さざなみの志賀の都は荒れにしを　昔ながらの山桜かな」などが知られている。

戦時中にも「おまえと俺とは同期の桜」などという歌が流行した。唱歌の「さくらさくら」をはじめ、数えきれないほどたくさんの歌があり、私の知らない桜に関する様々な事があると思う。私も今年、入居しているホームのおやつに「桜餅」を頂いたばかりである。またカラオケ教室の先生は「櫻子」さんというお名前である。先生は一一月生まれで、名前は櫻子だが一一月生まれで秋であり、桜と縁がないと嘆いておられたので、「先生、秋桜と書いてコスモスと読むので秋にも縁がありますよ」と言ってあげた。

小金井公園　平成30（2018）年4月

春秋の七草に関する行事の事など

私の家は、武蔵野台地が多摩川に接する段丘の上にあった。その段丘は地質学上は、拝島段丘、立川段丘、青柳段丘（国立市）と呼ばれ、崖になって多摩川に接していた。従って家から崖を降りると、多摩川の堤防まで三〇〇メートルくらいだったので、小さい頃は、四季を問わず毎日のように多摩川に遊びに行っていた。

多摩川の堤防に上ると、すぐ下に河川敷があり、その先に多摩川の本流があった。流れを挟んだ先には真正面に、戦国時代に大石氏ならびに大石氏の婿養子となって三多摩方面を領地とした北條氏照が加住丘陵（多摩川と秋川の合流点の南側にある丘陵で、北の丘陵は滝山丘陵と呼ばれる）に築いた滝山城跡と、丘陵の下の瀧村・高月村・丹木村（現・八王子市）があった。上流の方を眺めると大岳山をはじめ奥多摩連山が連なっていた。

この様な拝島側から見た風景のうち、多摩川の河川敷に、秋になると女郎花《おみなえし》と河原撫子がぎっ

昭島市　昭和29（1954）年

しり咲いている美しい風景がとりわけ心に残っている。女郎花は黄褐色の花で高さは最高二メートル、河原撫子は高さ数十センチで淡紅色の花を咲かせる。私は黄褐色の女郎花と、淡紅色というより白い花の河原撫子がぎっしり咲いているように見えたその印象の強さから、その二つが入っている秋の七草の名前はすぐ覚えた。すなわち、「萩《はぎ》・桔梗《ききょう》・葛《くず》・藤袴《ふじばかま》・女郎花《おみなえし》・薄《すすき》・撫子《なでしこ》　秋の七草」という歌である。

一方、春の七草の歌もあると聞いていたが、そちらの方はあまりよく覚えていなかったので辞書を引いてみると「芹《せり》・薺《なずな》・御形《ごぎょう》・繁縷《はこべら》・仏座《ほとけのざ》・菘《すずな》・蘿蔔《すずしろ》　春の七草」である。

私は春の七草より秋の七草の方に強い印象を持ち、よく覚えていたので秋になると

昭島市　平成10（1998）年11月

いつも暗誦し人々に教えていた。

ただこの歌をよく内容を考えないでお経のように暗誦したが、皆聞いているだけで別に異論を持ったり、内容について質問したりする人もいなかった。

旧制中学（府立二中、現・都立立川高校）三年の時、国語の時間に先生から秋の七草とはどんな草か、と質問があった。私は手を上げて、萩・桔梗・葛・藤・袴《はかま》・女郎花・薄・撫子とするすると答えた。すると誰かがそれでは八草ではないか、と誤りを指摘したので、級の皆がどっと笑った。

昭島市　昭和32(1957)年

何と私は藤袴の事を、藤と袴の二つに分けて別の花だと思って発音していたのである。それは正に級友の指摘の通りであった。しかし国語の先生は私の事を気の毒に思ったのか、七草にもいろんな考え方がある、とか言ってその場を納めて下さった。私は今でも先生の事を有難く思っている。
よく調べてみると藤袴は高さ一メートル、全体に香りがあり、秋、茎の先端に薄紫色の小さな房状の花が多数咲くというが、私はまだ見た事がなかった。だからそのような誤りをおかしたのである。私は学年男女あわせて一クラスで三七人しかいない村の小学校では優秀な成績の生徒であったが、三多摩じゅうから生徒が集まる旧制府立二中（現・都立立川高校）ではクラブ活動もしない地味な生徒であった。当時学校の運営は、一年生の時は級長がいたが二年から数名の学級委員が任命されて運営していた。学級委員には成績の良い生徒が任命されていたが、私は優秀な生徒が皆陸軍士官学校や海軍兵学校に四年で進学したあと、五年になってやっと学級委員に任命された程度の生徒だった。しかし四年で陸士や海兵に進学した生徒は皆、アメリカとの太平洋戦争で戦死された。こういう形で秀才を失うのは残念な事だと今でも思っている。

一年の時級長だった人は「海ゆかば」の作曲者として有名だったN氏の息子さんであったが、旧制浦和高校に二中から進学したあと、結核で亡くなったと聞いている。

春の七草については、結婚して数年経った昭和二三～二四（一九四八～一九四九）年頃、その頃どこの家でも一月七日に七草粥を作っていたが、当時我が家では七草粥に普段

昭和 15 (1940) 年

食べる野菜を入れて食べていた。

しかし妻が嫁に来てから、崖下の田んぼのあぜ路で、芹や薺を取って来て七草粥を作ってくれた。

その初々しい姿が、新婚時代の思い出として今も楽しく思い出される。

あきる野市の思い出

昭和一九（一九四四）年に青梅線と並行して走っているとの理由で、五日市線の拝島～立川間の奥多摩街道沿いの部分は廃止された。何でもその使わなくなった線路は、タイとビルマの間の鉄道を引くのに利用するとかいう噂であったが、実際に線路が取り外されたのは、太平洋戦争の終戦の二日前であった。しかし、戦争が終わった直後は、毎日の食べるものにも困るような状態であったので、沿線の市町村の人々も、復活運動をする余裕が無かった。従って私達は村から一・六キロもある拝島駅へ行くには、バスか歩くしかなかった。

二宮神社　あきる野市　平成31（2019）年4月

しかし多摩川の支流・秋川沿線に行くには必ず五日市線を利用しなければならなかった。多摩川を鉄橋で渡ると東秋留駅と西秋留駅、武蔵増戸駅などの駅があり、終点が武蔵五日市駅であった。その後、秋川流域の町村が次々と合併してあきる野市となり、西秋留駅は秋川駅と名を改めた。「あきる」とはこの辺の古くからの地名であり合併時、それに武蔵野にならって野を付けて、「あきる野市」という名前にしたという。

東秋留駅を降りるとすぐ近くに玉泉寺というお寺があり、その住職のN君が私の旧制府立二中（現・都立立川高校）の同級生で、五年間五日市線で一緒に通学した親友であった。

玉泉寺のすぐ近くに府中の大國魂神社とともに多摩では古い歴史を持つ二宮神社があり、「国常立尊《くにとこたちのみこと》」を祭神とし九月九日の祭りの日に露店でやっている「生姜市」が有名であった。私はお祭り当日、N君の所へ寄ってからお祭り見物に出掛けた。

当日は神社客殿では、現在「二宮歌舞伎」と言われている歌舞伎を地域の人々だけでやっていたように記憶している。私はいつも、お祭りの神輿や、当時近辺でも珍しかった奉納相撲を見たりして、露店で鯛焼や蛸焼などを食べ、家に帰る時、御土産に「生姜」を買って帰った。瑞々しい黄色の根っこで辛味があり、おいしい御飯のおかずだった。最近ある人に話したら、「生姜市」なんてあるのか、と目を丸くしていた。

同級生のN君は旧制中学の成績は私と同じくらいであったが、彼は弘前の旧制高校に合格し、

二宮神社　あきる野市　平成 31(2019)年4月

そこから京都帝大の建築科に入り寺院建築を専攻した。卒業後東京都の建築関係の部署に入ったが、そこで労働組合運動に熱中したため、コミュニストとみなされ、東京都を解雇された。その後、村民多数の意思のもと、父親の跡を継いで玉泉寺の住職となった。村民の中にはあまり暴れられては困るという声もあったようだが、それは少数であった。私は彼に会うたびに、あなたは寺院建築を専攻したのだから、この寺の境内に小さくても良いから自分の建築家としての考えを表現したような建物を残すよう再三勧めたが、結局実現しなかったようだ。彼は若い頃胃腸の病気にかかった事があり、その様な病気で六〇歳くらいの時に亡くなった。

私は数学が不得意であったので、旧制高校受験も考えたがそれは断念し、当時特定郵便局長は世襲制だった事もあり、結局、東京商科大学（現・一橋大）専門部と逓信官吏《ていしんかんり》練習所（現・郵政大学校）を受験し、卒業後、拝島郵便局長を世襲することになった。当時N君の奥さんから「主人が寺院関係の行事で海外に行く時、私を一緒に連れて行ってくれない」などという苦情めいた話を聞いた事もあったが、奥さんもN君の死後、後を追うようにまもなく亡くなった。寺を継がれた息子さんとは口をきいた事がなかったので、玉泉寺との付き合いはそれで終わった。

春は五日市線に乗ると、東秋留と西秋留のあたりは線路の両側に梅林（註）がずっと続いていてとても美しかった。

秋川駅（旧・西秋留駅）の北側はずっと平原になっていて、当時は東京都で最後に残った「盆地平野」とか言われていた。駅の南側には四月初めには一本の桜が美しい花を咲かせていた。その頃私は写真撮影のため色々な所へ行ったが、駅の構内に満開の桜が咲いているのを見たのはこの時ただ一度だけである。

駅の南側はなだらかな坂になっていて、秋川の岸まで通じていた。その道を滝山街道といい、少し行くと牛沼の集落があり、昔は牛沼村と言った。ここに妻の母の実家があり、実家の坂本家は江戸時代から続いている八王子千人同心の世話頭格の家であったという。私も一度か二度行った事がある。そこから更に滝山街道を行くと雑木林の中に石碑があり、あとで聞いたところでは、この碑は小学校の教え子有志たちによって建てられた坂本龍之輔の顕彰碑であるという。

坂本龍之輔は妻の母の実家の出身であったそうで、その名は知っていたが詳しくは知らなかった。彼は明治中期に活躍した教育者で、小学校の教育こそは人間形成の

坂本龍之輔顕彰碑　あきる野市牛沼　令和元(2019)年5月

基本である、と確信して情熱を注いだ。転勤した下谷区の小学校で、都内でも多数の子供が奉公に出されたり、子守りや手伝いをさせられ、貧しくて学校に行けないでいる事を知って、貧民学校の設立に取り組み、「東京市万年尋常小学校」初代校長となった。彼は、昭和一七（一九四二）年三月、七三歳で生涯を閉じたが、この顕彰碑が下谷万年尋常小学校の教え子有志によって建てられ、教え子である添田知道が龍之輔をモデルにした小説『教育者』を書いた。私が五〇～六〇年前に見たのはこの碑であったが、雑木林の中に雑草に覆われて、訪れる人もなく建っていた。少し前に訪れた、明治の小説家で『武蔵野』の著者・国木田独歩の記念碑が玉川上水の三鷹と武蔵野市の境の所にあって、やはり夏草に覆われていたのを思い出して、私は少し寂しい気がした。

註　記憶では梅林だったと思うが、現在秋川駅の近くには桜の名所がたくさんあるようで、梅ではなく桜であったのか定かでない。

櫛かんざし美術館を訪ねて

最初、庭園のある博物館のような所へ行く考えもあったが、そこが、開園する日が不定期であったので場所を変更した。「澤乃井」という三多摩では有名なお酒を造っている小澤酒造が経営する「櫛かんざし美術館」は、御岳の沢井にある。美術館は多摩川上流の谷間の橋を渡った所にあり、その橋は小澤酒造のある所から少し手前だったように記憶している。そこは駐車場も広く、建物も美しい。パンフレットを読むと世界的に有名な岡崎智子さんの四〇年に渡るコレクションを中心にして収蔵されているという。私は岡崎智子さんを知らないが、おそらく北斎や歌麿呂の作品がそうであるように、外国の影響を受けない、日本の伝

櫛かんざし美術館　青梅市　平成 31(2019) 年1月

統的な工芸品として評価され、有名になっているのだと思う。私はそんな日本の櫛やかんざしを着けた、美しい女性の着物姿を連想すると、何となく行ってみたいような気になった。美術館まで立川からはかなり遠く、タクシーで一時間近くかかると予想された。私はかつて車に一時間近く乗ったところ、途中で腰が痛くなった経験があり、また今回も同じような事になるかも知れないという不安もあったが、それを振り切って出掛けた。幸い今回はその様な事もなく、無事に美術館に着いた。

前述した通り、私は櫛やかんざしのことは何も解らなかったが、同行して頂いた介護サービスの方が女性なので、その方に聞けば何とかなるだろうと思っていた。

美術館の中に入ってみると象牙や夜光貝で作った螺鈿《らでん》や、珊瑚《さんご》などをあしらった立派な櫛やかんざしが並んでいた。普通の人が使っていた櫛やかんざしも片隅に少し並んでいたが、それと比べるととても高級で美しく見え、一部の上流階級の人が使っていたのかなあという感じもした。

建物は三階建てで、地下一階と地上二階の建物であり、私達は一階と二階しか行かなかったが、二階では多摩川に向かったガラス越しに、多摩川を中心とした奥多摩の美しい風景を見る事が出来た。

櫛かんざし美術館　青梅市　平成 31(2019) 年1月

櫛かんざし美術館　青梅市　平成 31(2019)年1月

櫛かんざし美術館　青梅市　平成 31(2019)年

私は時々車椅子を止めてもらって、夢中でシャッターを切った。しかしガラス越しではやはり出来上がった写真を見ると、どこが悪いと言うのでもないが何となく物足りないような気がした。

また館内には浮世絵も数点展示されていて、展示の内容について色々と解説の放送をしていたが、やはり素人の私にはよく解らなかった。若沖や北斎、歌麿呂などの作品についてはテレビでよく見ていたが、特に髪やかんざしだけを見ていたわけではなかったからである。しかしかつて、ある所で浮世絵の展覧会を見て、浮世絵の原画が意外に小さかったのが印象に残っている。この美術館に展示されていた浮世絵も同じように小さいと思った。彫刻した作品から刷ってブロマイドの様に売っていたのだから、小さいのが当然であろう。

美術館から出た時は、展示されていた櫛やかんざしが美しかったという感じはそれほど残らなかったが、美術館を出てもう一度建物を見てから、改めて美術館の建物の美しさを感じ、こんな美しい建物は今まで見た事がないと思った。私にとっては美術館内の収蔵品と共に、美術館そのものの美しさを見た事は大きな収穫だった。

タクシーの車内で、ずっと途中の町並を見ながら目的地まで行ったが、残念ながら現代日本の町並はただ色々な建物が雑然と建っているだけで、そこに美しさもなく統一もなかった。木造建築だけで統一された江戸時代の町並の美しさにははるかに劣ると思う。

そんな事を考えながらタクシーに乗っていたが、復路は下り坂なので往路よりはるかに短い時間で老人ホームに到着した。途中に昼食用弁当をスーパーで買ってもらい、ホームの部屋で一緒に食べて、午後一時頃解散した。

櫛かんざし美術館　青梅市　平成 31(2019)年

武蔵府中の郷土の森を訪ねて梅を見る

昭和の終わり頃一度行った事があるような気がするが、その時は梅の季節でなかった関係もあって、特別な印象は残っていない。しかし今回、二月一七日に「府中郷土の森」に行った時は、梅が満開に近い状態だった。まだ少し季節が早いと考えていたが、今年（平成三一（二〇一九）年）は晴天の日が多く気温が高かったせいかも知れない。

いつもの介護サービスの方に車椅子に乗せてもらい、立川から府中郷土の森の入口までタクシーで行った。運転手さんが近道を知っていたので、その道を行ったら三〇分くらいで郷土の森の入口に着いた。

府中郷土の森　府中市　平成 31(2019) 年2月

以前書いた通り、府中は昔の武蔵の国の首都であるから、現在でも色々なものがある。たとえば新田義貞が群馬より兵を起こし、この合戦で勝利し、そのまま一気に稲村ケ崎から鎌倉幕府のある鎌倉に攻め入り、鎌倉幕府を倒し後醍醐天皇と共に建武の中興を成しとげた、有名な府中分倍河原の古戦場をはじめ、武蔵国府跡、大國魂神社などがある。後醍醐天皇はその後、公家の世から武士の世に変わっていた政治を再び公家の世に戻そうとしたので、武家の統領だった足利尊氏の反発を招き、後醍醐天皇の南朝と北朝とが対立する南北朝対立が続いた。最終的に南朝が北朝に併合されて、足利尊氏らを中心とした室町幕府が成立し、武士の世は続くのである。

これらは、江戸時代から長い時間をかけて編纂し明治になって完成した水戸藩徳川光圀の大著『大日本史』に細かく記されている。世間では徳川光圀というと、水戸黄門さまといって、全国をまわって善を勧め悪を正す「水戸黄門漫遊記」が講談・浪花節などで広く語られて有名だが、実際は水戸光圀が『大日本史』の中で南北朝のどちらが正統かなどを広く論じたことが、幕末の尊皇攘夷論などに大きな影響を及ぼし、明治維新の原動力となった事は言うまでもない。

府中郷土の森　府中市　平成31(2019)年2月

神戸の湊川神社には、光圀が元禄五（一六九二）年に建立させた「嗚呼忠臣楠子之墓」の墓碑があるが、一介の地侍にすぎなかった南朝側の楠木正成親子が、江戸時代にすでに高い評価を受けていた事が何よりもこの事をよく示している。この時代は江戸幕府が安定していたのでこの様な書物が書けたのだろう。黄門とは水戸藩主徳川光圀の隠居後の名前で、徳川御三家の中、江戸に近い事もあって絶えず幕府の政治に係わっていた。

また、水戸には日本三名園の一つといわれる偕楽園があり、梅の名所としても有名である。他の二つは岡山の後楽園と金沢の兼六園である。

郷土の森では満開の白梅と紅梅の林を眺めながら、その梅のトンネルの中で車椅子を時々止めてもらって、夢中で写真を写していた。

そのうちに、以前、湯島天神の白梅を撮りに行った事を思い出し、天満宮（天神様）の話を思い出した。平安時代中期、菅原道真は朝廷で右大臣にまで昇進した。右大臣とは大政大臣、左大臣に次ぐ要職であった。また彼は学者としても有名であった（菅氏文集等）。しかし藤

府中郷土の森　府中市　平成31(2019)年2月

原時平の讒言によって、九州の大宰府に流され、そこで亡くなった。すると京都でまもなく大地震や大火災が起き、また化け物が出たりしたので、これは菅原道真のたたりであろうといって、その霊を鎮めるため、大宰府と京都に天満宮が建てられた。その後、道真が著名な学者であったことから、全国各地に学問の神として天満宮（天神様）が祭られた。道真の歌として有名なのがこの歌だ。

東風《こち》吹かば思い起せよ梅の花
主《あるじ》なしとて春を忘るな

府中郷土の森　府中市　平成31(2019)年2月

安藤養魚場と鮎の事

今から七〇〜八〇年も昔の話であるが、当時の拝島村役場（現・昭島市役所拝島支所）の少し東側の奥多摩街道の反対側に、多摩川の河原の方向に行く道があった。そこを歩いて行くと立川堀にぶつかり、川べりの道を東へ歩いて行くと、田んぼの中に安藤養魚場があり、低く長い建物で、かなり大きな池にたくさんの鮎を育てていて、成長した鮎を東京銀座の自分の店に出荷していた。当時も今も、鮎の養魚場などは多摩地区ではほかに無かったので、私の記憶の中に残っている。

父は三等郵便局長（民営化以前の特定郵便局長）をしており、三等郵便局は請負制度だったので、私は父の跡を継ぐ事になっていた。三等郵便局は、局舎は局長個人のもので局長が提供していたが、それぞれの郵便局は部会というグループを作って、部会を通じて上司の指示を受けていた。拝島郵便局は、立川・国立・昭和・拝島が一つのグループであった。また各局には「郵政監察官」という人が来て、年一回、その局の業務の監査にあたっていた。父はその監査を受け、金銭の処理に不正や間違いがない事を確認した上で、慰労の意味で監察官を安藤養魚場へ連れて行った。

私はまだ子供であったが、鮎を釣ったり塩焼にした鮎が食べたりしたくて、いつも父の後を付いて行った。養魚場で実際に鮎を釣ってみると、無数の鮎が池に密集しているのに不思議な事に鮎がよく釣れる事もあれば、全く釣れない事もあった。ずっと後になって考えてみると養殖している鮎には一日に一回か二回餌をやるから、餌をやった直後であれば釣れないのかとも思うし、天候の関係で釣れなかったのかも知れない。

その辺はよく判らないが、幼い私は父と監察官が養魚場へ行く時は必ず付いて行った。すでに公的な仕事は終わっているので、私がのこのこ後を付いて行っても子供だから何とも言われなかった。

その後、多摩川と支流・秋川の合流点付近に農業用水堰として設置された九ヶ村用水取水口も水道用の取水量がどんどん増加し、多摩川の水位が低くなったため少し下流の多摩川・秋川合流点付近に昭和八（一九三三）年に堰が設けられた。これを地元では七ヶ村《しちかむら》用水堰といい、堰から引いた用水路は立川堀といった。

武蔵野台地が多摩川に接する所はほとんど崖になっており、その崖と多摩川の間は水田になっていたが、その水田に水を引く用水路が立川堀であった。

立川付近の開発が進んで水田がだんだん減少してきたため、用水を利用する町村が共同で建設費用を負担していた堰の利用は九ヶ村から七ヶ村へと減少し、昭和三〇（一九五五）年にはコンクリート製の堰として改築され、昭和用水堰と呼ばれた。

しかし立川が用水路の費用分担から抜けても立川堀の名前は残った。その用水路は現在でも立

立川堀　拝島村　昭和13(1938)年

立川堀　昭島市　昭和31(1956)年

川堀の名前で呼ばれている。

私は鮎の塩焼が大好物であったが、最近は鮎の塩焼を食べる機会はほとんど無くなった。それでも好物というと鮎の塩焼を挙げるのは、あの安藤養魚場の鮎のおいしかった事を思い出すからである。安藤養魚場は私と仲良しだった息子さんが色々な事情で跡を継がなかったため、一代で終った。もし跡を継いでいれば引続き繁盛していたであろうし、拝島村（現・昭島市）にとっても大日堂拝島大師・日吉神社の榊祭りとともに、重要な観光名所になっていたと思う。考えてみると誠に惜しい残念な事であると思っている。

多摩川では私達はいつもあんま釣り（小さな釣竿の先の釣針に川虫をつけて釣竿ごと水につけて動かす釣り）や瀬釣り（夕方すこし暗くなった時、川の瀬で短い時間鮎・ハヤ（ウグイ）・ヤマべなどを大きい釣竿で釣る釣り）をしていたが。瀬釣りではハヤ・ヤマべ（食べるとまずいので地元の通称はバカッパヤ）などはよく釣れたが、鮎はほとんど釣れなかった。

昭和用水堰　昭島市拝島町　昭和 54（1979）年8月

昭和用水堰　平成7（1995）年6月

あんま釣り　昭和 31(1956)年

おわりに

一冊目の「多摩川のほとり―随筆と写真―」を出版したとき、父はすでに九三歳、母を亡くしてひとりになったあとでした。父が気力を失ってしまわないようにと、二冊目を出そうね、といつも言ってはいましたが、その当時は本当に書き続けられるのか、半信半疑でした。ところが嬉しいことに、父はこつこつと文章を書き続け、月に一回は小さなデジカメを首からぶら下げて、介護サービスの方に車椅子を押してもらって写真を撮りに行き続けました。姉がホームから行きやすい場所をあちこち探してくれました。

父が写真を撮り始めたのは一三歳、戦地に行っていた期間を除き、八〇年以上もの長い間写真を撮り続けていたことに、いまさらながら驚きます。大正生まれも少なくなり、仲の良かった友人も同僚も、後輩さえもだんだんいなくなった日々を過ごしている父にとって、写真とエッセイは生きがいになっています。今回「多摩川のほとり2」が出来上がって父が喜んでいるのを見て、手伝ってきたわたしは自分のことのように嬉しいです。父の子供のころの暮らしなど、語る人も少なくなってきていると思いますので、いろいろな方が読んでくだされぱと思っています。

エッセイは以前書いたことが繰り返されている部分などがありますが、そこからまた違う話になったりするので、父の好きなようにと思い、そのままにしてあります。また歴史が好きなだけで書いていますので、専門に研究されている方が読まれたら異論もあろうかと思いますが、どうぞご容赦ください。

ホームに入所してもう五年を過ぎました。関東大震災の二日後に生まれた父は今年、年男で九六歳になりました。毎日毎日心をこめて介護してくださるホームのスタッフの皆様に、心より感謝申し上げます。

またけやき出版編集部の野村智子さんには大変お世話になり有難うございました。

令和元年九月

次女　洋子

著者経歴

榎本良三（えのもとりょうぞう）

大正一二（一九二三）年、昭島市拝島町生まれ。
昭和二五（一九五〇）年、拝島郵便局長に就任、平成元（一九八九）年定年退職。
昭島市文化財保護審議会委員など兼任。

写真歴

戦前の写真団体「黎明写そう会」のメンバーだった父・高亮の影響で、一三歳（一九三六）頃からアンスコ、セミファーストなどのカメラで写真を始める。
朝日写真コンクール入選六〇数回。同コンクール年間賞など。

写真集

昭和六三（一九八八）年『多摩の四季』、平成二（一九九〇）年『昭和の多摩』、

平成九（一九九七）年『素顔の多摩』、平成二三（二〇一一）年『昭和・平成 思い出の日々』、

以上けやき出版、

平成一八（二〇〇六）年『多摩川のほとり』新風舎。

最初の三冊は完売。四冊目の『昭和・平成 思い出の日々』のみ五〇冊ほど立川市柴崎町のけやき出版に在庫あり、入手可能。

随筆と写真

平成二九（二〇一七）年『多摩川のほとり―随筆と写真―』けやき出版

資料としての写真提供多数。

モノクロ時代の作品は、たましん地域文化財団 たましん歴史・美術館歴史資料室（国立市）に一部がデータ化され保存されていますが、申し込まないと見られません。

多摩川のほとり2 ―随筆と写真―

2019年9月27日　第1刷発行

著　者　榎本良三

発行所　株式会社けやき出版
〒190-0023 東京都立川市柴崎町3-9-6 高野ビル1F
TEL 042-525-9909　FAX 042-524-7736
https://keyaki-s.co.jp/

DTP　たけちれいこ

印　刷　株式会社アトミ

ISBN978-4-87751-597-3